中國現代文學制度研究

王本朝——著

目次

引　言

　　樊駿先生說過，中國現代文學學科已不再年輕。近 20 多年來的中國現代文學研究在思想解放、歷史還原、美學重建、文化想像等社會學術思潮的背景下，展開了對現代文學思潮、文學社團流派、作家作品等的深入討論，取得了創新而紮實的學術成果，呼喚並追求「持重」的學術之境。相對說來，現代文學研究的學術性在不斷增強，它的現實性和當代性卻有所減弱。現代文學研究之所以能夠在一個相當長的時間內保持持久的生命力和影響力，其中的一個重要原因就是它注重學術性與現實性的並舉，能夠不斷提出和發現既來自複雜的現代文學本體，又擁有獨特的現實關懷和個人體驗的學術問題和方法。在我看來，「文學制度」就是在中國現代文學發展過程中產生了重要作用（正面的和負面的），並延續到了當代文學的一個有待深入討論的學術問題。「制度」本身也是發生在當下社會現實和思想界的一個重要問題，「人與制度」、「思想與制度」可以說是當代知識份子必須面對的一個現實話題。當然，本文主要討論現代文學制度問題，擁有進入問題的現實體驗，但並不直接回答現實問題。近年來，學術界如王曉明、李歐梵、錢理群、孟繁華、楊洪承、韓毓海、羅崗、欒梅健和何言宏等學者對中國現當代文學制度的相關問題都曾有過相當深入的研究。代表性著作有洪子誠的《問題與方法》（三聯書店，2002 年）、曠新年的《1928 年的文學

生產》（《讀書》1997 年第 9 期）和《1928 年：革命文學》（山東教育出版社，1998 年）、王曉明的《批評空間的開創：20 世紀中國文學研究》（東方出版中心，1998 年）、倪偉的《「民族」想像與國家統制——1928-1948 年南京政府的文藝政策及文學活動》（上海教育出版社，2003 年）、藤井省三著和董炳月翻譯的《魯迅〈故鄉〉閱讀史——近代中國的文學空間》（新世界出版社，2002 年）、楊洪承的《文學社群文化形態論》（安徽文藝出版社，1998 年）以及欒梅健的《前工業文明與中國文學》（廣西教育出版社，2000 年）等等。

文學制度作為文學生產的制約力量，關涉到文學與社會、文學與權力、想像與規則等問題，因此，應該引起學術界的足夠重視和深入探討。以前學術界對文學的社會背景、文學出版與傳播、文學社團與流派、文學教育與文學創作之間的複雜關係都曾有過深入研究，已經涉及到文學的制度問題，但卻沒有建立起文學制度研究的整體性和理論性視野，忽略了對文學活動各要素之間的整體的動態把握，在理論上也把文學制度完全看成是文學的社會外部力量，忽略了文學體制的內生性機制。文學的制度問題，無論是對中國文論建設還是中國文學史研究而言，都應該成為一個有待深入討論的學術話題。本論文把現代文學制度建構理解為一個整體的運作系統，總的說來，它是現代社會的產物，是中國現代文學自身的獨特性和豐富性的證明。在現代社會與文學互動與衝突過程中，文學制度起到了重要的作用。同時在闡釋中國現代文學發生、發展過程中的文學制度力量時，既要注意它的制約性和規定性，又不能忽略它的有限性。在理論上適當借鑒有關西方文學體制理論，如福柯的知識與權力、哈貝馬斯的「公共空間」和布迪厄的「文學場」理論等等。

在研究方法上擬在既有的「社會歷史分析」、「審美研究」和「文化研究」的基礎上，實現方法論的綜合，打通審美研究與文化研究的方法隔膜，以文學制度中的「個案」分析，爭取回到歷史現場。圍繞現代文學與制度的互動與衝突關係，討論在現代文學發展演變過程中出現的「作家」、「文本」、「社團」、「論爭」、「批評」和「讀者」等文學現象所呈現的制度力量，認為中國現代文學在文學制度中「創造、生長和超越」，文學制度也是中國現代文學的重要傳統和文學資源。進而，從一個側面和角度回答和解釋何謂「中國」，何謂「現代」，何謂「現代文學」等問題，力圖為中國現代文學研究提供一種新思路。顯然，它具有不可忽視的學術價值和理論意義，在某種程度上，還具有一定的學術史意義。

| 第一章 |

文學制度與中國現代文學

一、文學制度的現代性

　　建立有效而合理的文學制度是中國文學追求現代化的標誌。從晚清文學啟動的文學制度變革，到現代文學制度的建立與運作，現代中國不斷尋求和建立一種更加積極有效地發揮文學作用的體制和規則。中國文學自晚清以來就整體地融入了現代社會的變革與思想的重建，並隨社會的變化而不斷發生文學觀念、文學制度和文學形式的變化。文學制度是其中重要的一環，在文學與社會，文學的生產與接受之間形成了一套文學制度，如職業作家、社團文學、報刊出版、論爭與接受機制等等，它支配、控制、引導文學的觀念、形式和審美的發生和生成，使文學超越作家的個人世界，超越純粹的文本形式和語言領域，進入社會的公共空間，成為擁有強烈的社會意識和文化意識的審美對象。因此，文學制度的建立和完善，推動了中國文學的社會化和現代化，並成為其重要組成內容。

　　19世紀英國的斯賓塞（Herbert Spencer）首次把「制度」作為學術概念引入社會學研究，他在《第一原理》中對制度問題做了社

會學分析。真正把制度問題作為社會學重要內容的則是法國社會學家涂爾幹（Emile Durkheim），日後有馬克斯・韋伯（Max Weber）對科層制與資本主義，馬克思對社會制度的變遷與動力等也進行了獨特而深入的分析。「制度」是人在追求自由過程中所建立和遵循的秩序規則、活動空間和活動範圍，是一套規則化、理性化和系統化的行為規範和體制架構，它同時也滲透著人類非理性、非正式的道德觀念和風俗習慣。制度的功能是多方面的，它可以幫助人們有效而合理地配置資源，協調社會關係，組織社會力量，整合社會矛盾。人們在不斷創造和積累物質文明和精神文明的同時，也不斷創造適應物質和精神需求的制度文明。從古典社會到現代社會，社會制度問題日益成為社會的中心問題，並逐漸取代傳統的道德問題，社會規範也逐漸取代人的內心的德性欲求。

制度問題常是社會學和政治學研究的重心，經濟學領域也有制度經濟學。文學主要依靠作家豐富的審美想像和情感體驗，創造獨特的語言表現形式。從社會學角度看，文學也是一種社會實踐活動，存在物質性和社會性因素。文學在其不斷社會化過程中也建立了一套制度形式，文學的審美意識和語言符號在文學制度背景中實現其價值意義，成為被社會所接納和承認的精神意識。文學制度是文學的生產體制和社會結構，它是文學生產的條件，也是文學生產的結果，對文學有制約和引導作用。彼得・比格爾（Peter Burger）認為：「文學制度在一個完整的社會系統中具有一些特殊的目標；它發展形成了一種審美的符號，起到反對其他文學實踐的邊界功能；它宣稱某種無限的有效性（這就是一種體制，它決定了在特定時期什麼才被視為文學）。這種規範的水準正是這裡所限定的體制概念的核心，因為它既決定了生產者的行為模式，又規定了接受者

的行為模式。」[1]他強調的就是文學制度對文學所產生的規範作用。美國社會學家彼德・布勞（Peter Blau）把制度化理解為「合法化的價值和形式化的秩序」，以及「權力結構」[2]。他根據制度所產生的作用，把制度分為整合型制度、分配型制度和組織型制度三類，同時提出了「反制度的價值觀」，制度背後隱含有人類不同的價值觀差異。哈貝馬斯（Jürgen Habermas）用「體制」概念來表達人類的理性化過程和對人類行為加以控制的方式，認為體製作為社會制度或組織既影響人類的生活，調節人類行為的取向和生活方式，同時還作為闡釋社會世界的分析架構，把社會當作一個系統去理解，重視它的結構和功能。現代社會的困境是體制控制了人的生活世界，帶來生活世界的「殖民化」，原本屬於私人領域和公共空間的非市場和非商品的活動，也被市場機制和科層化的權力所侵蝕。體制主要體現為市場、金錢和科層化的權力，由此導致現代社會的人際疏離，人類自由和生命意義的失落。[3]哈貝馬斯（Jürgen Habermas）還提出了「公共領域」概念，從公共領域與私人領域的關係論述了西方社會的結構轉型。[4]由此，他還提出「合法性」問題，「合法性意味著，對於某種要求作為正確的和公正的存在物而被認可的政治秩序來說，有著一些好的根據。一個合法的秩序應該得到承認。合法性意味著某種政治秩序被認可的價值。」「只有政治秩序才擁有著或喪失著合法性，只有它們才需要合法化」[5]。

---

1 彼得・比格爾：《文學制度與現代化》，《國外社會科學》1998 年第 4 期。
2 （美）彼德・布勞：《社會生活中的交換與權力》，華夏出版社，1998 年，第 315 頁。
3 謝立中：《西方社會學名著提要》，江西人民出版社，1998 年，第 562-576 頁。
4 哈貝馬斯：《公共領域的結構轉型》，學林出版社，1999 年。
5 哈貝馬斯：《交往與社會進化》，重慶出版社，1993 年，第 184 頁。

布迪厄（Pierre Bourdieu）用「文學場」來表達文學的社會化過程，認為：「場的概念有助於超越內部閱讀和外部分析之間的對立，絲毫不會喪失傳統上被認為是不可調和的兩種方法的成果和要求。」[6]「文學場和權力場或社會場在整體上的同源性規則，大部分文學策略是由多種條件決定的，很多『選擇』都是雙重行為，既是美學的又是政治的，既是內部的又是外部的。」[7]他還細緻地描述了參與藝術生產的體制性力量，認為：「作品科學不僅應考慮作品在物質方面的直接生產者（藝術家、作家，等等），還要考慮一整套因素和制度，後者通過生產對一般意義上的藝術品價值和藝術品彼此之間差別價值的信仰，參加藝術品的生產，這個整體包括批評家、藝術史學家、出版商、畫廊經理、商人、博物館館長、贊助人、收藏家、至尊地位的認可機構、學院、沙龍、評判委員會，等等。此外，還要考慮所有主管藝術的政治和行政機構（各種不同的部門，隨時代而變化，如國家博物館管理處、美術管理處，等等），它們能對藝術市場發生影響：或通過不管有無經濟利益（收購、補助金、獎金、助學金、等等）的至尊至聖地位的裁決，或通過調節措施（在納稅方面給贊助人或收藏家好處）。還不能忘記一些機構的成員，他們促進生產者（美術學校等）生產和消費者生產，通過負責消費者藝術趣味啟蒙教育的教授和父母，幫助他們辨認藝術品，也就是藝術品的價值。」[8]這可以說是對文學的體制力量所做的完整描述。

---

[6]　布迪厄：《藝術的法則》，中央編譯出版社，2001 年，第 247 頁。

[7]　布迪厄：《藝術的法則》，中央編譯出版社，2001 年，第 248 頁。

[8]　布迪厄：《藝術的法則》，中央編譯出版社，2001 年，第 277-278 頁。

中國現代文學創造了豐富的現代審美意識和藝術形式，擁有人們常理解的文學「現代性」意義。現代性是現代文學所表現的現代思想、情感、心理、語言和形式，它的涵義也有相當的模糊性。有人把它作為具有普遍價值的意義合理性，以波普爾（K. R. Popper）「證偽」的方式發現現代文學缺乏現代性，也有人把它看作是中國現代文學獨特的價值屬性。在我看來，現代性既指文學的思想、情感、語言和形式，同時也應包括生成現代性的文學制度。文學意義生成於文學制度，文學制度也是文學現代性的重要組成部分。現代社會中的文學品格和意義在很大程度上取決於文學的生產方式和生產體制，以報刊雜誌、印刷出版等大眾媒介和圖書流通等文學生產機制，構成了文學意義生產的有機組成部分，它同時也生產和決定著文學的意義。

　　因此，文學現代性就擁有兩個層面的涵義，文學的審美現代性和制度的現代性。在我看來，中國現代文學的審美「現代性」應包括：（1）個人主義精神，（2）人道主義思想，（3）獨特的生命體驗和心理感受，（4）創造性的白話文體和表現形式。「個人主義」以文學方式為個人價值立法，確立個人的獨立、解放、自由和創造意義；「人道主義」要求在社會歷史發展中擔當人的歷史責任和義務，同情、關心普通人的生存境遇和命運。個人主義和人道主義都是現代文學所擁有的現代思想和情感，它既是對西方個人主義和人道主義思想的自覺汲取，也是對傳統思想文化的承傳和意義轉換。生命體驗是創造和生成文學現代性的最為本真的內在力量，現代文學是現代作家的生活、情感、心理和思維的結晶，有現代社會的印記，更有現代作家的生命體驗和心理感受。魯迅的孤獨、錢鍾書的反諷、穆旦的痛苦、張愛玲的荒涼等都是最具有現代性的生命體驗，

因為它們而使現代文學具有豐富的個人性和複雜性，這份「獨特」和「豐富」才是現代文學現代性的價值所在。社會觀念和思想常趨於相似或一致，但生長於個人生命和心理體驗的思想和觀念則充滿了鮮活和獨特。個人主義、人道主義思想都有西方的背景和傳統的淵源，但浸潤了生命體驗和心理感受的個人主義和人道主義則擁有個人性和本源性。白話文是現代文學基本的語言方式，它的自由與創造可以擁有更為豐富的信息量，它多變而靈活的表達方式，可以催生出美麗而生動的文字，它開放、多樣的語言資源，可以啟動寫作者的想像力。魯迅主張：「我們要說現代的，自己的話；用活著的白話，將自己的思想、感情直白地說出來。」[9]魯迅要求語言應有「現代的」、「自己的」、「活著的」與「直白地」等特性，恰恰體現了白話文的個性與鮮活，表達的直白與時代氣息，它們也是現代文學語言現代性的標誌。周作人認為：「文學是以美妙的形式，將作者的獨特思想和感情傳達出來，使看的人能因而得到愉快的一個東西。」[10]這個文學定義要求文學要有獨特的思想和感情，美妙的藝術形式和「愉快」的感受，文學被作為獨立的精神和形式。現代小說、散文、詩歌和戲劇運用多種技巧，機智而靈活地創造了豐富的審美意義，並創造出多樣化的文體形式。

文學「現代性」還應包括文學制度的現代性。舍勒（Max Scheler）認為，現代社會正發生著一場總體轉變，包括社會制度和精神氣質的結構轉變。「現代性不僅是一場社會文化的轉變，環境、制度、藝術的基本概念及形式的轉變，不僅是所有知識事物的轉變，而根

9　魯迅：《無聲的中國》，《魯迅全集》第 4 卷，人民文學出版社 1981 年，第 15 頁。
10　周作人：《中國新文學的源流》，嶽麓書社，1989 年，第 4 頁。

本上是人本身的轉變，是人的身體、欲動、心靈和精神的內在構造本身的轉變。」[11]現代性是多層面的，盧曼（Niklas Luhman）也認為現代化表現為制度的分化和意義共識的喪失。社會日益被制度所分化和控制，人們的精神意識越來越受制於制度的參與和約束，但意義共識卻越來越少，缺少意義的可通約性。就中國文學而言，現代文學意義的發生不僅是一場文學意識和表現形式的革命，如一般文學史所描述的「文學革命」，主要指文學的意義和語言形式的變遷，事實上，文學意義的變革也依賴於文學制度的建構，有文學制度的支持。中國與西方不同，韋伯考察了西方現代制度的發生擁有基督教背景，中國的現代化則有自己的歷史場景。傳統中國是一個宗法一體化的結構，意識形態與政治組織結成了強大的權力聯盟。中國傳統文學生存於宗法體制的背景之下，文學的生產、流通和傳播也受制於傳統社會相對不發達的生產力和政治意識形態的控制，文學的生產方式帶有鮮明的個人性和內在性，文學的流通和傳播也局限在人際關係和手工作業方式，文學制度發展得並不完善。現代文學的發生有思想意識的革命，也有文學生產體系和制度保障。文學的審美意識，乃至文學體裁的創造都有文學制度的參與和運作，文學制度是審美現代性生成的機制和網路，如同河水之於河床，文檔之於運行程式。梁遇春就認為：「小品文同定期出版物幾乎可說是相依為命的」，「小品文的發達是同定期出版物的盛行做正比例的」，因為「定期出版物篇幅有限，最宜於刊登短雋的小品文字，而小品文的沖淡閒逸也最合於定期出版物口味」。並認為：「有了《晨報副刊》，有了《語絲》，才有周作人先生的小品文字，魯迅

11　劉小楓：《現代性社會理論緒論》，上海三聯書店，1998年，第19頁。

先生的雜感」。[12]現代文學所具有的職業作家創作機制，報紙雜誌的傳播機制，社會讀者的接受機制以及文學社團的組織機制，文學批評的約束引導機制等等，它們都構成了文學制度的重要內容，參與了現代文學的意義創造。

二、文學的制度寫作

陳思和曾把在社會的非常時期而沒有公開出版、發表的文學稱為「潛在寫作」，即「被剝奪了正常寫作權力的作家在啞聲的時代裡，依然保持著對文學的摯愛和創作的熱情，他們寫作了許多在當時客觀環境下不能公開發表的文學作品。」[13]「潛在寫作」說明社會對文學構成了強大的控制和約束力量。我們可把在文學制度中的寫作稱為文學的「制度寫作」，它不是一般意義上人們所說的為制度而寫作的「載道文學」，而是有了文學制度的默許或參與的文學寫作。文學制度是「一隻看不見的手」，它在一定層面上規定著文學「可能是這樣」的發展態勢。

「文學」是社會建構的產物。現代文學的發生與創造有賴於現代社會力量的參與和配合，如教育與出版的創建、傳播與流通管道的形成等等，以及文學理論的宣導、文學論爭的開展和文學創作的推動。文學不完全是純粹的意識觀念和語言形式，它有社會歷史的共同參與過程。艾布拉姆斯（M・H・Abrams）在《鏡與燈》中把文學分為作品、宇宙、作家和讀者四大系統，宇宙和讀者更多屬於

---

[12] 梁遇春：《〈小品文選〉序》，自修英文叢刊，北新書局 1930 年。
[13] 陳思和：《中國當代文學史·前言》，《中國當代文學史》，復旦大學出版社，1999 年，第 12 頁。

文學社會性因素。一般意義上的社會再生產，包括生產、交換、分配和消費四個環節。生產是起點，消費是終點。生產居於主導地位，起支配作用。生產決定消費的方式和動力，消費對生產也起到一定的反作用。一定程度的消費反映出一定程度的生產力狀況，折射出不同時代的發展狀況和社會風貌。消費不僅有經濟上的依據，而且還有社會學上的意義，馬克思把消費資料分為三類：（1）生存資料，指用於維持人類生存，滿足人們基本生活需要的消費品；（2）享受資料，指用於滿足人們享受（包括物質和精神方面）需要的消費品；（3）發展資料，指用於滿足人們發展德育、智育、體育等方面需要的消費品。通過對三類消費品的劃分，馬克思揭示了人本質上的三大需要，並以對人的需要的滿足程度衡量社會的發展水準和民主狀況。文學生產也有四個方面，文學生產的社會因素，如媒介、出版；文學生產主體，即文學的創造者；被生產的文學產品，包括小說、散文、詩歌和戲劇等；文學的消費者和接受者等。文學制度既包括文學的社會性因素，如文學的出版與傳播，文學的組織與社團、批評與論爭、獎勵與審查，也包括文學的接受、消費以及作家的身份特徵。文學制度各要素的作用和功能存在著主與次、隱和顯的差別。相對說來，在現代文學制度的結構功能中，文學的出版與傳播、文學獎勵（稿費）與審查起著主要作用，文學批評與論爭次之，文學社團和文學讀者又次之。文學稿費、文學傳播、文學讀者是文學創作的隱性制度形式，文學批評和論爭、文學組織和社團則是顯性的制度形式。

作為文學生產者的作家與制度的關係，是一種寄生共存的關係，或者說是相互合法化的過程。制度化使作家獲得了文化的資本和話語的權威，反過來，他們在履行自己的角色行為時又強化了文

學的制度力量，使之更趨合法化。作家以個人的寫作實現公共的欣賞，文學作品與物質產品有諸多相似之處，也有它的流通渠道與消費方式。傳統文學服務於人的道德人格修養，作用於「載道」和「多識於鳥獸草木之名」，「不學詩，無以言」。由於教育的不普及，以及文學載體的局限，它只能在一個相當狹小的範圍內流通和消費。比較起來，現代文學不再完全以載道為目標，娛樂功能的提高導致了教化功能的衰微。教育的普及使得讀寫能力成為普通大眾通常具有的能力，教育本身的制度化和規模效應，使文學教育成為當代教育的重要內容。在這樣的條件下，文學的批量生產超出了傳統文學狹小的生存空間，形成了文學生產的社會化。更為重要的是，由於制度化的分工和職業化的出現，使文學既走向專門化，又走向大眾化。教育的普及與媒介的傳播使文學生產不斷擴張，同時，作家的職業化和文學教育的專業化也給文學寫作與閱讀帶有某種職業性和專業性特徵。

文學有自己的消費者和消費行為。文學生產與消費的關係是一個不能忽略的問題。文學消費有別於物質商品的消費，它並不體現為使用價值的消耗，文學消費的特點在於它有「再生產性」，它總是在消費過程中尋找和培育對它的認可和讚賞，進而潛移默化地培養它的繼承者，我們常把它稱之為「文學傳統」。西方後現代主義者認為，文學在高度制度化的社會系統中，其實就是一種商品。一個作家社會文化資本的多寡，名聲的大小，收入的高低，其實都和他「出售」的文學作品有多少消費者相關，也就是與有無文學的市場需求密切相關。所以，適應和培養文學消費者的消費口味便是作家所追求的目標之一了。馬克思曾論述生產與消費的辯證關係是，生產生產出消費，消費消費著生產。所謂生產生產出消費，是指文

學創造出對它的需求，形成了消費者和消費市場，也就是文學讀者。所謂消費消費著生產，是指文學需求其實就是對文學生產的要求。不斷擴大的社會讀者，本身就構成了特定的消費需求，它不斷要求有新的文學作品和觀念被生產出來。從這個視角考察文學生產與消費的關係，當我們把文學讀者界定為社會大眾時，實際上已經觸及到消費者問題了。當把文學從內省體驗的智慧轉變為一種可操作可傳遞的創作時，實際上也觸及了文學由體驗向知識的深刻轉變。文學在現代的轉變構成了文學消費的某些獨特性，如文學消費性質的轉變。文學制度已經深刻地改變了傳統文學的格局和功能。

制度化的文學造就了特定的生產者和生產方式，反過來也造就了特定的消費者。換言之，文學消費者的培育，本質上就是文學的再生產，因為生產生產出它的消費，而消費又消費著特定的生產。這種互動關係保證了文學的延續和發展及其合法性的存在。制度化的文學生產和傳播，導致了生產者（作家）和消費者（讀者）之間的工具性關係。作家對讀者有吸引和依賴，讀者作為消費者在制度化的操作中，也逐漸養成了對作家的依賴，並反過來使之獲得某種合法性。作為消費者的讀者逐漸向生產者轉化，並把文學作為一種傳統向新的消費者轉移。制度化的文學傳統也就在其中確立起來了。正是由於這種制度化功能，文學生產必然會出現一定程度上的危機和困境。像葛蘭西（Antonio Gramsci）所言，文化霸權是通過一種消費者對某種文化的「默認」而實現的，或像福柯（Michel Paul Foucault）所說，權力的對象同時也是權力的傳播者和強化者。文學的制度化正是這種過程的產物。

三、文學制度的意義

　　現代的文學制度與西方的器物、思想和文化導入中國的過程大致同步，它在進入中國社會和歷史語境的過程中，也產生和納入了中國文學的現代化系統，並作為新思想、新觀念誕生的溫床不斷改變和創造著文學的現代性話語。文學制度與自晚清以來導入中國的新式學堂、船政、郵電、印刷、鐵路、銀行、礦務等制度形式一樣，都是中國在追求現代化的過程中所建立的制度形式，文學制度與新式學制、印刷、出版和郵政制度的建立有著相當緊密的聯繫。文學制度使中國文學超越了個人心靈的想像和獨語狀態，走向生活化和社會化的價值取向，形成面向時代、介入生活、干預社會的新傳統。文學制度研究主要追問文學是如何被創造和形成的。文學制度有一個逐漸形成的過程，它參與了文學意義的生產與消費。以前的文學史研究，多注意甚至是只注意作家和作品，忽略了文學意義的生產體制。

　　阿爾都塞（Louis Althusser）和福柯（Michel Paul Foucault）都認為，任何一個主體和意義都是由他們所不能控制的過程所「建構」的，文學也一樣，它的意義並不完全是作家的情感想像和作品的語言意義，而與整個社會環境、文學生產和傳播方式、文學的閱讀和評論機制等有著諸多聯繫。所以，文學制度研究可以稱之為文學的「過程研究」和文學的「生態研究」，或者用馬克思的話說，是文學意義生產的「關係研究」。馬克思認為：「人們在自己生活的社會生產中發生一定的、必然的、不以他們的意志為轉移的關係，即同他們的物質生產力的一定發展階段相適應的生產關係。這些生產關係的總和構成社會的經濟結構，即法律的和政治的上層建築豎立其

上並有一定的社會意識形式與之相適應的現實基礎。物質生活的生產方式制約著整個社會生活、政治生活和精神生活的過程。不是人們的意識決定人們的存在，相反，是人們的社會存在決定人們的意識。」[14]文學的生產方式制約著文學的意義，從作家到作品，從傳播到評論和讀者的接受，形成了多重關係和結構，它們都參與了文學意義的創造和建構。

中國現代文學制度是在晚清以來中國社會和文學的現代化追求過程中被「創制」出來的。它牽涉到文學社會化過程中的文學資源的配置，文學讀者的分層以及文學傳播與流通的媒介等等。它的意義與局限都是非常明顯的，值得深入思考。布迪厄（Pierre Bourdieu）認為藝術場是一個「相互矛盾的世界」，是「反制度化的制度形式」，「相對於制度的自由就體現在制度本身」[15]。文學與制度有矛盾，一方面，我們可以說沒有文學制度，也就沒有現代的文學，文學制度給文學提供了生成空間和生產場所；另一方面，文學制度也不斷限制文學的自由與個性，這也是文學制度的悖論。從五四新文學社團組織和文學傳播機制的建立，到 30、40 年代已具相當規模的文學批評、文學出版和獎勵等制度形式，文學生產在日益被制度化的同時，文學意義也就逐漸受到規範和限制。完善而合理的文學制度既可以為文學發展提供開闊的社會通道，也容易導致文學的日趨僵化與死板，文學的制度化顯然存在很多弊端，如對文學審美本體的忽視而造成文學經典的缺失，文學制度與國家權力的難分難解也使文學的獨立性有所喪失。

---

[14] 馬克思：《〈政治經濟學〉序言》，《馬克思恩格斯選集》第 2 卷，人民出版社，1972 年，第 82 頁。

[15] 布迪厄：《藝術的法則》，中央編譯出版社，2001 年，第 306 頁。

凡事總有另一面。所以，在探討文學制度的形成與意義的同時，也應重視文學制度對文學發展的限制，尤其是對作家自由個性的規範。制度如同庫恩（Thomas Samuel Kuhn）所說的「範式」一樣，它常從自身的知識系統尋求力量的整合，排斥異己的和創造的知識的進入。文學走向社會，擴大影響，需要制度力量的支撐，這對於中國文學而言是至關重要的。文學制度以各種各樣的方式規範和誘導文學的再生產，同時，那些與規範的文學制度不相符合的異端的、個人的文學也就會被「去合法化」。所以，我們能理解，偉大的文學並不一定來自完美的文學制度，文學作家和文學發展常常是由多種社會的、歷史的和個人的諸多「合力」共同創造的結果，最為重要的還是需要作家發揮充分的文學想像和精神創造，需要有豐厚的社會歷史土壤和心靈積澱，還需要高超的藝術表達力。有了偉大的作家和作品，也就有了偉大的文學時代。文學制度體現的是作家創造和作品接受的生產方式，它本身並不能代替作家的文學創造，它對作家創作和作品意義的制約和規定可能會對文學發展產生正面的作用，也可能產生負面的影響。

　　因為文學的制度化，文學有了大批量的生產，有了大量消費的可能性。但也可能出現沈從文所說的「粗製濫造，拼命生產，只講量的豐富，不求質的精良」[16]的商業化傾向，文學制度要求文學儘快適應社會需要，這必然導致文學制度的遊戲規則與文學的審美追求之間出現矛盾。文學生產的制度化追求，會帶給文學對「社會效應」和「經濟效應」的過分依賴，「社會效應」扮演著篩選和淘汰

---

[16] 凌叔華：《〈武漢日報〉副刊〈現代文藝〉發刊詞》，《凌叔華文存》，四川文藝出版社 1998 年，第 812 頁。

文學的價值功能，被社會認同的文學便獲得了合法性，反之，便被拒之門外。「社會效應」可能與文學意義一致，也可能完全脫節。文學的社會效應便有可能實施某種話語暴力，將「自我意志」強加給文學。社會效應對於增加文學資本的既得利益顯然是有利的，於是，一些作家和批評者便不遺餘力地宣導文學的社會效應，處於文學邊緣的文學作家和批評家則可能做出其他不同的闡釋，抵制文學資本的過於集中，而走向分流，宣導文學的自律性和審美性。文學制度是文學活動的規則和契約，文學活動反過來又強化了這種制度形式，兩者之間有著和諧與矛盾的共生互動關係。

　　沈從文反對文學的商業竟賣，主張作家對「文學有信仰，需要的是一點宗教情緒」[17]，「用『小說』來代替『經典』」[18]。事實上，沈從文自己在 1928 年也隨著文化的南遷到了上海，由於文化市場的誘惑與催生，在近一年的時間裡，上海的各種雜誌和書店都登載和銷售過他的作品，現代、新月、北新、中華、華光等書店分別出版了他的 10 多個作品集。這也說明他並沒有抵擋住文學生產的制度力量。葉聖陶也明確提出：「文學不是商品，性質絕對不相似。決不可以文學為投機事業，迎合社會心理，不顧一切，加工製造，以圖利市三倍。」[19]因此，他提出文學家的非職業化，「凡為文學家，必須別有一種維持生計的職業，與文學相近的固然最好，即絕不相近的也是必須，如此才得保持文學的獨立性，不至因生計的逼

---

[17] 沈從文：《給志在寫作者》，《沈從文文集》第 12 卷，花城出版社，1992 年，第 109 頁。

[18] 沈從文：《短篇小說》，《沈從文文集》第 12 卷，花城出版社，1992 年，第 115 頁。

[19] 葉聖陶：《文藝談・32》，《葉聖陶論創作》，上海文藝出版社，1982 年，第 60 頁。

迫而把它商品化了。」[20]他編過《小說月報》，編開明書籍，就以編輯、出版方式參與了文學制度的創造。

文學制度給文學帶來了一定的發展空間，但也有著明顯的局限性。制度對文學有著重要的制約作用，但並不是萬能的。文學制度與文學精神，文學自律與制度權威的干預，如何保持「必要的張力」，顯然是一個難題。也就是說，完善的文學制度是否可以獲得遏制其內在局限性的自我調節功能？這是需要反思和討論的問題。中國現代文學存在兩種力量：文學的自主化和文學的社會化。文學制度使文學與現代社會日益合謀，確立了文學的生產、流通和消費秩序，使文學與社會，文學各要素之間如作者、作品、媒介和讀者之間建立起了有效的運作機制，文學的審美意識也逐漸被社會所承認或接納，實現了文學從傳統向現代的意義轉變，並使自己也成為文學現代性的構成內容。

文學在其制度化的過程中也逐漸被制度所收編，同時，它又在反抗制度的過程中創造文學的活力和豐富。制度是一種約束和規範性的力量，是社會的行為規則，有公共性（利益和標準）、秩序性和理性化。文學創作與制度形式之間顯然會出現矛盾，文學的精神和形式在其本質上是反規範的，它最大限度地追求著精神的自由和形式的個性。因此，制度研究也應該具有反思性和批判性的立場。

文學制度有理性化和工具主義的傾向，有文學與權力合謀的欲望。隨著文學制度的建立，在其內部也逐步形成知識的權力關係，這種「關係」常主宰文學的走向。文學作者應以抵抗的否定性姿態

---

[20] 葉聖陶：《文藝談‧33》，《葉聖陶論創作》，上海文藝出版社，1982 年，第61 頁。

把文學理解為一個開放而自由的精神實體,並以個人的生命體驗使文學成為流動而有創造性的運行機制。文學制度還可能培養出制度的寄生者,保護制度受益者,而排斥制度外的人,如媒介的掮客,這類人多在「作品宣傳上努力」,在上海「寄生於書店、報館、官辦的雜誌」,在北京「寄生於大學、中學以及種種教育機關中」[21]。文學制度也會使文學寫作成為職業,而不是事業,斤斤計較於功利,而忽略人類的良知和正義,關注讀者的閱讀趣味,輕視人生的博大和悲憫。文學有雙重性,獨立性和社會性,它們相互依存又相互衝突。如同阿多爾諾(Theodor Wiesengrund Adorno)所說:「藝術既是自主的又是社會形成的,這種雙重性格不斷分佈到它的自主性的整個區域」[22]。所以,在強調文學制度意義的同時,也應對其負面性有著清醒的認識。

---

[21] 沈從文:《文學者態度》,《沈從文文集》第 12 卷,花城出版社,1992 年,第 154 頁。
[22] 阿多爾諾:《美學理論》,《西方馬克思主義美學文選》,灘江出版社 1988 年,第 355 頁。

| 第二章 |

文學制度的社會背景

一、知識分層與新式教育

　　傳統社會結構的解體也帶來了知識類型和知識份子的變化。1898 年 6 月，清朝政府將科舉考試的四書五經改為策論，1905 年 9 月，清廷詔准停止科舉考試，推廣學堂教育。歷時 1300 年的科舉制度遂告廢除，由士而仕之路失去了通道。「作家」可以思想和語言作為職業手段和人生目標，社會的知識也發生了大變遷，經世致用的知識範式得到重視，傳統學科出現分化，文學知識脫離經史走向獨立。王國維在《汗德之哲學說》和《釋理》中把知識劃分為知、情、意三大領域，在《國學叢刊序》裡，把知識學科分為科學、史學和文學三門，在《論教育之宗旨》中把教育分為智育、德育和美育三部分，文學知識獲得了自己的獨立地位。科舉制度瓦解之後，新知識與新式教育相伴而生。傳統的「士」借助科舉制度進入到權力階層，知識與權力合謀，現代知識份子通過現代傳媒實現對社會的影響，知識成為社會的公共意識。傳統的「經、史、子、集」為古代中國的社會權力提供了合法性，現代的學科知識（包括文學知識）也為現代中國社會和國家權力提供了意義規範。

現代的文學教育包括大學文學課程的設置、文學教師的講授、文學教材的編寫和社會的語文教育，它們通過對文學知識的確認與傳承而規範著人們對文學的接受、欣賞和想像。現代知識階層多半脫離了鄉土社會，依靠報刊雜誌、學校學會等制度媒介而生存。他們對傳統文化的認同有了較多的遊移、曖昧和矛盾，但同時又由於與傳播媒介的密切關係而對社會文化產生了較大的影響力。[1]新型的文化機構如報館、雜誌、學會、編譯社、書局的興起，為知識份子提供了寬闊的知識生產空間。文學也成為文人謀生的職業和手段，作家也擁有了一個遠離仕途且相對獨立的空間，文學日益走向世俗化和市場化。

新式教育培養了大量的文學作家和文學讀者，形成了職業作家群[2]。職業作家以稿酬制度為基礎。1902 年 11 月，梁啟超在日本橫濱創辦了《新小說》雜誌，他在《新民叢報》上刊登了一則消息──《新小說徵文啟》，公佈了《新小說》的付稿酬和標準，它規定自著和翻譯都付稿酬，稿酬範圍只限於十數回以上的小說和傳奇（即中長篇小說和戲劇），付費標準是自著本甲等，每千字 4 元，自著本乙等，每千字 3 元，自著本丙等，每千字 2 元，自著本丁等，每千字 1.5 元。譯本甲等，每千字 2.5 元，譯本乙等，每千字 1.6 元，譯本丙等，每千字 1.2 元。1906 年創刊的《月月小說》，在它的「徵文啟示」裡，也有若文章被刊登，「潤資從豐」的說明。1907 年創刊的《小說林》明確規定，凡小說入選者，甲等每千字 5 元，

---

[1]　張灝：《中國近代思想史的轉型時代》，《二十一世紀》（香港）第 52 期，1999 年 4 月。
[2]　有關新式教育與現代文學的關係，可參考錢理群主編的「大學教育與現代文學」研究叢書，廣西教育出版社，1999 年。

乙等每千字 3 元，丙等每千字 2 元。從此，文學稿酬制度開始形成，職業作家也有了堅實的經濟基礎。比如商務印書館付給林紓翻譯的小說每千字 6 元，林紓每天譯四個小時，一小時譯 1500 字，共 6000 字，可得稿費 36 元。如按林紓一個月工作 20 天計算，月收入可達 720 元。若三分之一給口譯者，仍可得 480 元。當時的一位中學校長每月薪金 50 元，林紓的稿酬接近 10 位校長的薪金總和。吳趼人 10 天時間創作了 10 萬字的小說《恨海》，交付給了廣智書局，得稿費 150 元[3]。韓邦慶 1892 年創辦了中國第一份小說期刊《海上奇書》，刊載他的作品《海上花列傳》，由《申報》館代售。近代中國出現了韓邦慶、李伯元、吳趼人、徐枕亞等第一批職業作家。

五四期間的 1918 年到 1922 年左右，《新青年》發表文章不記稿酬，當時的作者大都依靠工作薪水生活。1922 年左右開始注重稿費和版稅，出現了依靠寫作為生的「自由職業者」。古代有「潤筆」之說，文人墨客刊登詩詞文稿，如登廣告，要付錢給報刊。士大夫把自己的作品收集起來，還要自己掏錢請出版商刻成文集，但並不銷售，而是用來送人。詩人有了名，出版商也會自己主動出版他們的作品，但並不給作者稿酬。傳統詩文主要是給士大夫們閱讀和欣賞，它們並不針對社會大眾讀者，由此影響到他們的經驗、情感和語言方式都有許多相互因襲、重複的地方。隨著晚清新聞報紙影響的日益擴大，報紙增加了內容，改變了版面，得到了廣大民眾的歡迎，並且收到了實際利益之後，開始實行不收費刊登詩文的制度。不少報紙為專求稿件，還發佈告白。……後來辦報的越來越多，

---

[3]　參見郭延禮：《近代西學與中國文學》，百花洲文藝出版社，2000 年，第 432-433 頁。

為了搶到好新聞，組到好稿子，以擴大本報影響，漸漸變為收買稿子，按字計酬，這就成為現代意義上的稿酬了。商務印書館在 1901 年 7 月創刊的《小說月報》卷首「徵文通告」中，其中第 4 款說：來稿「中選者當分四等酬謝，甲等每千字酬銀五元，乙等每千字酬銀四元，丙等每千字酬銀三元，丁等每千字酬銀二元。」[4] 1899 年嚴復寫信給時任南洋公學譯書院院長的張元濟，要求得到被南洋公學購印的《原富》的版稅。嚴復的正當要求，得到了張元濟的認可，並給予嚴復二成版稅，這大約是我們近代實行版稅的初例。在中國出版史上，抽版稅訂合同者，也以嚴復為早。如 1903 年，他翻譯的甄克思《社會通詮》，與商務印書館曾訂立合同，內容共十條。版稅率為 40%（每部收淨利墨洋五角）。立合同譯書人嚴復為一方，商務印書館為另一方。稿酬制度的建立直接刺激了作家的創作欲望，作家直接依靠文學作為生活手段，文學成為了作家生活的一部分，這在一定程度上又誘發人們不斷進入文學隊伍，帶來作家群體的擴大與繁榮。

　　文學研究會主張「文學是一種工作，而且又是於人生很切要的一種工作；治文學的人也當以這事為他終身的事業，正同勞農一樣。」[5] 它不但預示著新文學的精神和態度的轉向，更是作家生存方式的轉變，作家的職業化為文學事業提供了堅實的社會基礎。魯迅身在教育部的屋簷下，但敢於向頂頭上司叫板，除了具有獨立的思想和人格支撐以外，還有文學職業化的生活保障，這無形中給了他足夠的鬥爭勇氣。沒有生活的保障，要鬥爭也只能是為了生活而

---

4 宋原放、李白堅：《中國出版史》，中國書籍出版社 1991 年，第 244-245 頁。
5 《文學研究會宣言》，《小說月報》第 12 卷第 1 號，1921 年 1 月 10 日。

鬥爭，而難以為了精神和信念而抗爭。他後半生選擇離開官僚體制，進入文學市場和文學職業，這也是其中的一個原因。魯迅的《吶喊》從 1923 年到 1930 年共發行四萬三千冊，《彷徨》從 1926 年到 1930 年共發行 3 萬冊，郁達夫的小說集《沉淪》在 1921 年出版後的兩三年裡就銷售了 2 萬餘冊。有人做過這樣的計算和分析，「魯迅以他的腦力勞動所得，總收入相當於近 408 萬以上，成為名副其實的『中間階層』即社會中堅。他受之無愧。從『而立之年』以後的 24 年間，平均每年 17 萬元、每月 9 千-2 萬元的收入，保障了他在北京四合院和上海石庫門樓房的寫作環境。在殘酷無情的法西斯文化『圍剿』之中，魯迅能夠自食其力、自行其是、自得其樂，堅持了他的自由思考和獨立人格。」「從公務員到自由撰稿人，他完全依靠自己掙來足夠的錢，超越了『官』的威勢、擺脫了『商』的羈絆。」[6]

二、大眾媒介與都市文化

中國現代的媒介意識由西方傳教士所引入。唐代雖有「邸報」，以刊載輯錄朝廷政事為內容，以朝廷官員為閱覽對象，是封建王朝的政府機關報，由各地派駐京城的邸務留後史負責傳發。宋代也有「朝報」和「小報」，「朝報」除了刊載詔令，朝臣奏章外，還有官吏升遷，外國使臣朝見與辭別的消息，貶臣的謝表及上呈的詩文。朝報能公開發售，是宋代士大夫瞭解政治時事的重要途徑。「小報」有類似現代新聞記者的探子，專在大內、尚書省、中書省、門下省

---

[6] 陳明遠：《魯迅生活的經濟背景》（上），《社會科學論壇》2001 年 2 期。

等中央一級機關以及寺、監、司等政府衙門打聽新聞，稱為「內探」、「省探」、「衙探」，而印刷發行小報的則是書坊、書肆的主人。明清時代有「京報」。但它們都缺乏社會大眾和公共空間意義上的媒介意識。傳教士為了傳播基督教義，採取依靠出版物的手法，創辦、出版了大量的報刊媒介。美國傳教士瑪卡雷・布朗認為：「單純的傳教工作是不會有多大的進展的，因為傳教士在各方面都受到『無知』的官吏們的阻撓，學校可能消滅這種『無知』，但在一個短時期內，這樣一個地域寬廣，人口眾多的國家裡，少數基督教學校能幹出些什麼？我們還有一個辦法，一個更迅速的辦法，這就是出版書報的辦法。」[7]英國傳教士李提摩太（Timothy Richard）認為，要影響能支配中國普通人民思想的士大夫階層，「再沒有比文字有效的工具了」[8]。由傳教士影響到近代改良主義維新派，他們也意識到報館、出版和翻譯對啟民智、新民主的巨大作用。張之洞認為：「道莫患於塞，莫善於通；互市者通商以濟有無，互譯者通士以廣學問。嘗考講求西學之法，以譯書為第一義。」[9]梁啟超也認為：「去塞求通，厥道非一，而報館其導端也」[10]。於是，積極宣導建立文化的傳播方式，如翻譯書院、報館和書局。[11]

---

7 廣學會編《沒有更迅速的道路》，宋原放、李白堅：《中國出版史》，中國書籍出版社，1991年，第171頁。

8 許牧：《廣學會的簡史及其貢獻》，宋原放、李白堅：《中國出版史》，中國書籍出版社，1991年，第171頁。

9 張之洞：《上海強學會分會序》（1895），宋原放、李白堅：《中國出版史》，中國書籍出版社，1991年，第171頁。

10 梁啟超：《西學書目表序例》，李白堅：《中國出版史》，中國書籍出版社，1991年，第175頁。

11 李瑞棻就認為：「兵法曰：『知己知彼，百戰百勝』。今與西人交涉而不能盡知其情偽，此忽弱之道也。欲求知彼，首在譯書。……知今而不知古則為

當時的報館和書局出版的刊物幾乎都是政論和時事，文學刊物則出現在 1872 年，《申報》出版了以刊載文藝作品為主的附屬刊物《瀛寰瑣記》，每月一期，開了近代文學期刊之濫觴。出版業的發展帶來了傳播方式的轉變，晚清擁有專業化的組織機構（報社、雜誌社和出版社），採用機械印刷，傳播速度快、範圍廣，受眾多。在文學的傳播體制、傳播手段、傳播時空和傳播對象上都有了很大的變化。中國古代的出版經歷了先秦到西漢的簡策帛書，西漢的紙本書，以及刻版書，19 世紀初引進西方技術的機械印製等幾個階段。古代書籍最開始是寫在竹簡、木牘上的簡書，簡策笨重，書寫多有不便。後又出現了用縑帛書寫，帛質輕且軟，易於書寫且易於攜帶。西元 105 年，東漢蔡倫對造紙原料和制紙技術加以改良和提高，使紙的品質大大改善，並逐漸推廣到各地。紙發明以後，簡策和帛書逐漸被紙寫書所代替，紙張逐漸取代了竹簡和縑帛的用途，書籍的出版也有了大發展，書籍開始成為商品，出現了以售書為業的書肆[12]。出現在 7 世紀唐貞觀年間的雕版印刷術使中國的書籍出

俗士，知古而不知今則為腐儒。欲博古者莫若讀書，欲通今者莫若閱報。……泰西每週報館，多至數百所，每館每日出報，多至數萬張。……五洲所有事故，靡所不言。閱報之人上自君後，下自婦孺，皆族不出戶，而于天下事了然也。……今請於京師各各省會，並通商口岸，繁盛鎮埠，設立大報館，擇購西報之尤善者分而譯之。」(《奏請推廣學校設立譯局報館折》，1896 年)。馬建忠建立「盡知其情實，盡通其雍蔽，因而參觀互證，以得其剛柔操縱之所以然，則譯書一事，非當今之急務與！」中國急宜創設翻譯書院。」(《擬設翻譯書院議》，1894 年)。孫家鼐認為應該「請旨飭下總署及禮部個衙門悉心籌議；官立書局選刻中西各種圖籍，任人縱觀，隨時購買，並將總署所購洋報選譯印行以擴聞見……」(《官書局開設緣由》，1896 年)。

[12] 西漢的揚雄在《法言•吾子》裡說：「好書而不要諸仲尼，書肆也。」可見兩千年前的中國就已有了書籍貿易。比《法言》更具體的記載是《後漢書•

版進入到一個新階段，但是隋唐兩代書籍的出版還主要是依靠手工抄寫。雕版印刷的使用範圍有限，主要集中在經咒、佛像、曆書、紙牌、報紙等。後唐時期，經宰相馮道、李愚等奏請，由政府主持，開始雕版印刷儒家經典著作，這是中國出版史上的一件大事，印刷方式代替了過去的手抄、刻石。北宋的畢昇發明瞭活字印刷術。晚清又引入西方的印刷技術，推動了現代出版業的發展。變法維新者為了宣傳的需要，積極創辦雜誌、報紙和出版社。如由夏瑞芳、鮑咸恩、鮑咸昌、高鳳池等在 1897 年創辦的商務印書館，它以提倡西學、反對舊學、擁護新式學校、贊成科學，反對封建迷信為思想指導，對中國新文化建設功不可沒。

書籍的出版方式也影響到文學的創作與閱讀方式。手工操作速度慢、成本高，「一書之板，動至千百；一書之成，動逾數載。雕版印刷，手續繁而費用多，雖有可傳之書，人猶憚於印行。」[13]這樣的文學作品也難以產生廣泛而直接的社會影響，文學被局限在應酬、游燕、贈答、賦物、題辭、書信和自娛自樂，成了個人的私事，用來言志抒懷、怡養性情、應唱附和，或取悅親朋；或成為「頌祝主人、感懷前賢」的廟堂文學，或落入「心應蟲鳴、情感林泉」的山林文學。晚清印刷業的發達擴大了文學的影響。「朝甫脫稿，夕即排印，十日之內，遍天下矣」[14]說的是印刷的速度之快！梁啟超主編的《時務報》能「風靡海內，數月之間，銷行至萬餘份，舉國

王充傳》，說王充「家貧無書，常遊洛陽市肆，閱所賣書，一見輒能誦記，遂博通眾流百家之言。」王充生活於西元 27-96 年，這一記載可知當時城市的書肆已較為普遍。

[13]　戈公振：《中國報學史》，中國新聞出版社，1985 年，第 189 頁。
[14]　《小說話》，中華書局，1919 年，第 116 頁。

趨之，如飲甘泉」[15]。出現這樣的情況也只有依靠發達的現代出版業才能實現。黃遵憲也有過這樣的感歎：「從古至今文字之力之大，無過乎此者也」[16]。現代出版和大眾媒介的傳播速度快，讀者數量多，影響面廣，為文學與社會、作家與讀者架設了快捷的仲介和通道。文學與媒介相互促進和影響，文學促使媒介更容易被受眾所接納，因為中國畢竟是一個擁有豐厚的文學背景的國家，甚而還有「文學中國」的說法。媒介反過來促進了文學內容和語言形式的變化，拉近了文學與社會的距離，從此，中國文學變成了媒介文學和社會文學，文學語言也為了適應社會大眾而日趨口語化、大眾化和通俗化，文學形式也因媒介而出現了報刊體。

機器印刷改變了資訊（包括文學）的傳播手段和傳播方式，正如本雅明（Walter Benyamin）所說：「印刷，即文字的可技術複製性，在文學中所引起的巨大變化是眾所周知的。」[17]中國現代文學是印刷時代的文學。報紙和雜誌為文學提供了廣闊而獨特的生存方式。現代文學依賴文學期刊和報紙，「發表與出版」成為實現文學社會化的有效途徑。大眾媒介促使文學觀念、文學形式的轉變，「自報章興，吾國之文體，為之一變」[18]，文學的新聞性、大眾性等價值觀，雜文、報告文學、短篇小說等文體的出現都與大眾媒介相關。

大眾傳媒所形成的公共話語空間促使傳統一體化社會走向多元化，對政治體制和知識傳播都有巨大的衝擊作用。自 1865 年到

---

[15] 梁啟超：《本館第一百冊祝辭並論報館之責任及本館之經歷》，《清議報》第 100 號，1901 年。

[16] 黃遵憲：《致飲冰主人書》，《梁啟超年譜長編》，上海人民出版社，1983 年，第 274 頁。

[17] 本雅明：《經驗與貧乏》，百花文藝出版社，1999 年，第 261 頁。

[18] 《中國各報存佚表》，《清議報》，1901 年，第 100 期。

1895 年，全國新辦中文報刊 86 種，外文報刊 91 種。其間影響最大的是《申報》和《萬國公報》。《申報》認為言論對於國家振興有重大意義，「本館嘗言，泰西各國振興之所由，大半由於准民間多設新聞紙館。蓋新聞紙之所述，上則國政之是非得失，皆准其論列；下則民間之善法美器，亦准其臚陳，故能互相採用，互相匡救，以成其振興之道焉。中國昔日不知此事之有益於國家也，……近來少知此事之有益。……新報之設，非能上達九重也，惟求其能邀各當道之青盼耳。若錄有上益於國，下益於民之事，各當道有以採擇而行之，而後新報方為有益之物也。……吾謂中國不欲取用西法則已，若欲取用西法，必先自閱報始。」[19]《萬國公報》著重改變中國人的思維方式，積極支援維新，將閱讀對象確定在各級官員和中上層人士。康有為在組織強學會之後，1895 年 8 月 17 日創辦了一份維新報紙，直接命名為《萬國公報》。創辦於 1896 年 8 月，作為晚清知識階層鼓吹改革的《時務報》，其主要管理人員汪康年和主筆梁啟超的西學知識也主要來自《萬國公報》的江南製造局、廣學會的譯著，從內容到風格都有《萬國公報》的承傳。1895 年，中國民間媒體開始興起，自 1895-1911 年的短短十幾年間，各類中文報刊達七八百種之多，雖然商辦的報紙逐年上升，並佔據統治地位，但就內容而言，政論性的報刊一直是晚清媒介的主流。

出版界元老張元濟曾感歎：「書局之開，是吾華一大喜事」[20]。戈公振也在《中國報學史》中說：「自報章之文體行，遇事暢言，意無不盡。因印刷之進化，而傳佈愈易，因批判之風開，而真理乃

19　《〈申報〉館條理》。
20　張元濟：《致汪康年信》，《張元濟書札》，商務印書館，1981 年，第 9 頁。

愈見。所謂自由平等博愛之學說，乃一一輸入我國，而國人始知有所謂自由、博愛、平等。故能於十餘年間，顛覆清社，宏我漢京，文學之盛衰，繫乎國運之隆替，不其然歟！」[21]傳統社會通過科舉制度所建立的知識結構，知識傳播受到權力的控制，同時還設立各種正式、非正式的制度阻止不利於自身知識的生產和傳播。大眾媒介對於儒家制度構成了強大的解構力量，近代的新式教育體制和教育內容對傳統經典有著巨大的衝擊，但在新舊教育體制還處在交替的轉折時代，大眾媒體則成為一種相當重要而特殊的新知識傳播管道，使近代中國瞭解了世界，獲悉了新知識、新文化。蔣夢麟在傳記裡有這樣的回憶：「梁啟超在東京出版的《新民叢報》是份綜合性的刊物，內容從短篇小說到形而上學，無所不包。其中有基本科學常識、有歷史、有政治論著，有自傳、有文學作品。梁氏簡潔的文筆深入淺出，能使人瞭解任何新穎或困難的問題。當時正需要介紹西方觀念到中國，梁氏深入淺出的才能尤其顯得重要。梁啟超的文筆簡明、有力、流暢，學生們讀來裨益非淺，我就是千千萬萬受其影響的學生之一。我認為這位偉大的學者，在介紹現代知識給年輕一代的工作上，其貢獻較同時代的任何人為大。他的《新民叢報》是當時每一位渴求新知識的青年的智慧源泉。」[22]就現代中國的知識播散而言，媒介與教育是兩條最為重要的途徑和手段。它們使知識份子有了接受新知識的可能，在傳統經典之外，熟悉了其他知識，包括文學知識，一批具有開放視野的新知識階層誕生了，新作家就誕生在他們裡面。

---

[21] 戈公振：《中國報學史》，三聯書店，1955年，第177頁。
[22] 蔣夢麟：《西潮》，遼寧教育出版社，1997年，第45頁。

大眾媒介以社會讀者為目標，與傳統經典的傳播方式和傳播目的都不同。它作為一種公共傳播形式，有著自由討論的話語空間，打破了國家意識形態借助權力和利益的配置對知識進行壟斷的格局。並且，具有公共意識的城市出現了。哈貝馬斯（Jürgen Habermas）對此有過精彩的分析，他認為國家與社會的徹底分離，社會再生產與政治權力的分離，促使「公共領域」和「市民社會」的出現。生產以交換為仲介，生產也從公共權威的職能範圍中被解放出來，公共權力也從生產勞動中擺脫出來。「『城市』不僅僅是資產階級社會的生活中心；在與『宮廷』的文化政治對立之中，城市裡最突出的是一種文學公共領域，其機制體現為咖啡館、沙龍以及宴會等。」[23]「政治公共領域是從文學公共領域中產生的；它以公共輿論為媒介對國家和社會的需求加以調節」[24]。

　　報刊離不開都市。胡道靜就認為：《上海的日報》：「在一個民治社會裡，是一天也少不了新聞紙的」，「上海因為得著機械的幫助，環境的優越，人才的集中，俄而成為全國新聞紙的中心了。」[25]都市人口密集，城市居民識字率相對較高，受教育程度也較為普及，人們的心理意識也比較開放，還有較發達的經濟基礎和工業設施，他們都為報刊的存在與發展提供經濟基礎和讀者基礎。由於經濟發展的不平衡，近代以來中國發展較為成熟的都市主要是北京和上海，無論是它們的北移還是南下，北京是 20 年代新文學的運動中心，上海是 30 年代的文學中心。整個現代文學運動的

---

[23]　（德）哈貝馬斯：《公共領域的結構轉型》，學林出版社，1999 年，第 34 頁。
[24]　（德）哈貝馬斯：《公共領域的結構轉型》，學林出版社，1999 年，第 35 頁。
[25]　胡道靜：《上海的日報》，《中國近代報刊發展概況》，楊光輝、熊尚厚等，新華出版社，1986 年，第 280 頁。

組織、文學潮流和時尚的醞釀基本上都圍繞北京和上海這兩個城市展開。

沈從文認為：「五四運動在年青人方面所起的動搖，是全國一切青年的心。然而那做人的新的態度，文學的新的態度，是僅僅只限於活動中心的北京的。其波動，漸遠漸弱，去了物理公律，所以中國其餘省份，如廣西，如雲南，是不受影響的。」[26]從有關資料統計[27]，從晚清到 1949 年出版的文學期刊，有明確的創刊日期的有 988 種，沒有明確創刊日期的有 99 種。就有明確創刊日期的 988 種文學期刊來做比較分析，創刊於的上海有 455 種，創刊於北京的有 106 種，共 561 種，占了總數的一半多，並且上海是北平的 4 倍。上海和北平文學刊物的分佈情況如下圖：

城市	1872-1901	1902-1916	1917-1927	1928-1937	1938-1949	合計
上海	3	51	59	237	105	455
北平	0	2	22	64	18	106

如果略作分析，可以看到，從 1917 到 1949 年的上海，幾乎每一年都有文學刊物的創辦，30 年代是上海刊物的高峰，1928 年有 33 種，1929 年 23 種，1930 年 18 種，1931 年 20 種，1932 年 10 種，1933 年 22 種，1934 年 20 種，1935 年 28 種，1936 年達到最高峰有 39 種，1937 年 23 種。抗戰期間，略有減少，最少的 1942

---

[26] 沈從文：《郁達夫張資平及其影響》，《沈從文文集》第 11 卷，花城出版社，1992 年，第 142 頁。

[27] 魯深：《晚清以來文學期刊目錄簡編》（初稿），張靜盧：《中國現代出版史料》丁編（上、下），中華書局，1959 年，第 510-580 頁。

年也有 5 種，1941 年有 20 種，抗戰勝利後的 1946 年也有 18 種。上海是近現代中國最大的都市和通商口岸，擁有豐富的市民讀者資源，有最具規模的城市生活，閱讀報刊和出版物成為市民生活的一種消費方式。同時它也是近現代具有資本主義特性的文化中心，維新思潮和新文化成為上海的文化標誌。這樣，擁有現代特徵的經濟空間、生活空間和文化空間，能「造成新的力量和新的觀念，造成新的交往方式，新的需要和新的語言」[28]。它也為文學期刊的創辦，為作家的生活，為文學語言的創新都提供了相對充分的生產、生活和消費條件。北平卻沒有這樣優厚的經濟物質條件，它的文學刊物，最多的 1936 年也只有 20 種，並且，30、40 年代是上海創辦文學刊物的高峰時期，但在 1938、1940、1941、1942、1943、1944、1945 年的 7 年間的北平，卻沒有文學刊物的記錄。就有關資料可見[29]，這幾年的北平也有文學刊物的創刊和出版，相對而言，20、30 年代是它的文學刊物高峰，以後就逐漸低落了。20 世紀 50 年代以後，北京因政治更替又成為了中國文學的中心。

另外，1924 年以後，在上海、北平以外的寧波、南通、西安、長沙、武昌、昆明也開始出現文學刊物，1937 年抗戰爆發以後的成都、重慶、西安、桂林和昆明，出現了大量的文學刊物。如 1937 年的成都有 7 種，1938 年的武漢有 10 種，1942 年的桂林有 10 種。重慶在抗戰以前很少有文學刊物，1925 年有 1 種，1938 年 2 種，1942 年 6 種，1944 年 7 種，1945 年 7 種，1946 年 6 種。文學刊物的發展與分佈同現代中國的經濟和政治關係密切，因為文化與政

---

[28] 《馬克思恩格斯全集》第 46 卷，人民出版社，1975 年，第 494 頁。
[29] 錢理群主編：《中國淪陷區文學大系》，廣西教育出版社，1998 年。

治、經濟三者之間始終存在著制約與促進的互動關係,現代中國的政治和經濟與現代文學擁有滲透、牽制與剝離的多重關係和作用。現代出版與都市的形成都可看作是近代中國的帶有資本主義性質的產物。用茅盾那句非常形象的話說,就是「老處女的中國受了帝國主義經濟侵略的強姦以後,肚子裡便漸漸孕育著半殖民地的資本主義的胎兒了。」[30]現代出版也算是資本主義在中國懷上的文化胎兒。

---

[30] 茅盾:《關於「創作」》,《茅盾文藝雜論集》上集,上海文藝出版社,1981年,第297頁。

第三章

文學制度的歷史進程

一、從晚清到五四：文學制度的形成

世紀之初，梁啟超認為近代中國有一個遞次「進化」的過程。他把近世發生的洋務運動、戊戌變法和新文化運動概括為「從器物上感覺不足」、「從制度上感覺不足」、「從文化根本上感覺不足」[1]。從器物到制度到文化的變革，構成相互遞進的超越關係，事實上，在遞進的背後，它們也有齊頭並進的共生性。就文學制度而言，它的建立則出現晚清，形成於「五四」時期。

有學者認為，「當中國傳統文學進入近代時，它面臨的一個重要改變就是把文學從傳統士大夫的專利狀態下解放出來，使它面對更多更廣泛的讀者。用機器複製的中國近代報刊和平裝書的發展，改變了傳統的文學運行機制，從而也改變了文學的作者、文本和讀者。」[2]從文學生成的過程看，它有三個基本要素，作者、文本和

---

[1] 梁啟超：《五十年中國進化概論》，《梁啟超選集》，上海人民出版社，1984年，第 833-834 頁。梁啟超的說法對後人影響極大，殷海光就把中國現代化歷程概括為器用的現代化、制度的現代化和思想的現代化（《中國文化的展望》，中國和平出版社，1988 年，第 440 頁）。

[2] 袁進：《近代文學的突圍》，上海人民出版社，2001 年，第 43 頁。

讀者，它們與社會中的技術、組織和人形成了緊密聯繫，也是文學制度的雛形。從晚清到五四，中國社會結構在變化，精神意識也在變，新文學出現了。新文學之所以能夠在短時間內取得力量優勢，確立自己的合法地位，不僅僅是由於文學史上所描述的新舊對抗與變遷，也有文學制度力量的支撐，包括公共意識領域的形成，如報刊雜誌、新式學校、學會組織的出現，還有新興知識階層（新作家與新式讀者群）的誕生。

　　從晚清到五四，知識結構出現了轉型，尤其是知識的意義和傳播方式有了突破性的變化，報刊雜誌、新式學校及學會等制度性傳播媒介的大量湧現。作為「近代中國改革之先驅者」的報紙[3]，在1895 年以前數量相對較少，並且多半由傳教士或商人所辦[4]。1895 年以後，由於政治改革的帶動，報刊雜誌數量激增。1895 年，中國報刊有 15 家。1895-1898 三年間，增加到 60 家，1913 年 487 家，五四時期約 840 家。新型報刊雜誌的主持人多出身於士紳階層，他們的言論容易受到社會的尊重，影響較大。除了報刊雜誌外，還有現代出版，如三大書局的商務印書館、中華書局和世界書局都紛紛成立。它們廣泛傳播新知識和新思想，為新式學校印製各種新知識教科書。新式學校的建立也為新文學培養了生力軍。晚清的書院比起宋明時代已經日薄西山。戊戌維新要求設立新學科，介紹新思想。1900 年後，教育制度發生了大改革，奠定了現代學校制度的基礎。1905 年傳統考試制度的廢除，新式學堂的普遍建立成為新知識、新思想的傳播中心。從 1895 年至 1920 年，出現了 87 所大

---

[3]　張季鸞：《大公報一萬號紀念辭》，《1949 以前的大公報》，山東畫報出版社，2002 年，第 1 頁。

[4]　參見郭衛東主編：《近代外國在華文化機構綜錄》，上海人民出版社 1993 年。

專院校，幾乎包括了所有 20 世紀中國著名的大學及學術重鎮，如北大、清華、燕京、東南大學等。截至 1949 年，約有 110 所大專院校。

新式知識份子為了傳播新思想、新知識、評論時政而自由結社，組織學會，學會的建立也為新文學提供了組織基礎。傳統中國也有自由結社，如晚明東林、復社、幾社。清朝一直禁止論政結社，但 1895 年以後，學會大興，從 1895-1898 年的 3 年間，就出現有 76 個學會組織。宗教是西方結社的原動力，「把宗教復原為它的真正要素和精髓之後，宗教就不再作為一種純粹的個人的事而是作為人們結社的一種強大而有成果的原動力而出現。」[5]中國傳統士人的結社有宗派和友誼性質，近代以降，知識份子的紛紛結社，則有西方社群理念的影響。文人結社是晚清以來的一股社會文化思潮，它既是知識份子顯示集體力量的有效手段，又能實現領導文化和文學潮流的目的[6]。

報刊媒介、新式學校和學會的出現和成立為現代中國的思想文化和文學提供了堅實的體制基礎，創造了輿論與知識的公共空間。現代知識份子區別於傳統士大夫，他們或創辦報刊雜誌，或在學校求學、任教，或自由結社，借助知識而不是政治權力在社會上發揮影響和作用。雖然他們在政治上是邊緣人，在社會上漂泊不定，但在思想上則有極大的社會影響，屬於文化精英階層。

隨著大眾傳媒和文學市場的形成以及作家的職業化，文學制度就有了雛形。報刊與文學聯姻，催生了近代小說的繁榮。阿英就認

---

[5] （法）基佐：《歐洲文明史》，商務印書館，1998 年，第 82 頁。
[6] 聞一多就認為，要領導文學潮流，必須結社辦刊。文學研究會、創造社和新月社等文學社團的創建都有領導文學潮流的意圖。

為「晚清小說，在中國小說史上，是一個最繁榮的時代」，「造成這空前繁榮局面」的原因有三，「第一，當然是由於印刷事業的發達，沒有前此那樣刻書的困難；由於新聞事業的發達，在應用上需要多量生產。第二，是當時智識階級受了西洋文化影響，從社會意義上，認識了小說的重要性。第三，就是清室屢挫於外敵，政治又極窳敗，大家知道不足與有為，遂寫作小說，以事抨擊，並提倡維新與革命。」[7]當時的四大文學期刊——梁啟超創辦的《新小說》（1902）、李伯元主編的《繡像小說》（1903）、吳趼人、周桂笙編輯的《月月小說》（1906）和黃人編輯的《小說林》（1907 年）就發表了大量的小說。《新小說》發表了梁啟超的《新中國未來記》、吳趼人的《痛史》、《二十年目睹之怪現狀》、《九命奇冤》、《電述奇談》等，《繡像小說》發表了李伯元的《文明小史》、劉鶚的《老殘遊記》，《月月小說》發表了李伯元的《兩晉演義》，《小說林》發表了曾樸的《孽海花》等小說。沈從文也認為：「新章回小說的興起，是與報紙雜誌大有關係的。如《九尾龜》、《官場現形記》、《海上繁華夢》、《孽海花》、《留東外史》、《玉梨魂》……這些作品多因附於報紙上刊載，得到廣大讀者的注意。……北京的腐敗，上海的時髦，以及新式人物的生活和白面書生的戀愛觀，都是由這類小說介紹深印於國內讀者腦中的。」[8]

從傳統到現代，中國文學文體有了一個大轉變，從以詩詞為中心轉變為以小說中心，小說成為現代文學的主流文體。現代文學要求更大可能地走向社會和生活，相對而言，小說這種文體形

---

[7] 阿英：《晚清小說史》，作家出版社，1955 年，第 1 頁。

[8] 沈從文：《小說與社會》，《沈從文文集》第 12 卷，花城出版社 1992 年，第 132 頁。

式更能承載豐富的社會資訊和容量，現代的「社會」而不是「情感」逐漸成為現代人面對的第一「現實」，人的個人情感則逐漸被邊緣化了。現代文學對啟蒙與革命功能的價值追求，以及文學期刊，和由期刊而形成的小說市場和讀者群，都是現代小說之所以發達的原因。

　　20 年代，報紙和期刊日益成為文化和文學傳播的主要手段，以期刊和報紙為中心形成了眾多的社團，策劃出一次又一次的思想論爭，並形成了現代社會思潮和文學思潮。五四時期的陳獨秀自己並不是文學家，他對純粹的文學並不比政治和社會更感興趣，他是把文學革命納入了思想革命過程中去思考和運作的。林立偉先生曾在一篇文章中對白話文運動作過分析。他通過對《新青年》雜誌翻譯的計量研究，發現文學類翻譯在第 4 卷以後開始下滑，在 9 卷以後達到低谷，而政治、社會類則不斷上揚，同時，第 3 卷是翻譯的低谷，創作中 15 篇是反儒反孔，倫理比重較大。第 4 卷翻譯加重，全是文藝類，同時使用白話，可見白話文運動是在倫理革命之後。由此，他認為：「白話文運動是由倫理革命引發的，……繼倫理革命後的第三卷後出版的第四卷，譯文字數比第三卷增加一倍，其中文藝作品接近九成，從此白話文學席捲全國。分析其內容，更可看到白話文學湧現的內在動力，知識份子用他來支持倫理革命。」[9]文學革命由思想倫理革命所推動，並為其服務，文學顯然有著明顯的非自主性，文學與社會思想、文化和制度之間就具有相當緊密的聯繫。

---

[9]　林立偉：《從文學革命到政治革命──〈新青年〉翻譯的價值趨向》，《二十一世紀》（香港），1999 年第 56 期。

現代知識份子依據傳媒、社團等制度方式取得了合法性地位，依靠文學創作和文學論爭擴大新文學的影響，並逐步建立文學的制度形式。鄭振鐸的《隨感錄》有一則「紙上的改造事業」，認為五四新文化運動時期的「機關」和「學會團體」，「專為出版雜誌而產生」，「注重紙上的事業」[10]。周策縱認為，新知識份子的活動主要向兩個方向發展，「一方面是新思想出版物是增加和伴隨而來的新觀念的流行；另一方面則是各種社會團體和社會服務的建立和擴張。」[11]由此可見，出版物和社會組織是中國現代化的重要標誌，也是建立現代文學制度的重要組成部分。文學制度的建構更多傾向於文學的秩序化，文學參與社會現實的功利化，面對傳統文化和社會環境的壓力，新文學的匆匆結社有著歷史的必然性。

二、30 - 40 年代：文學制度的發展與完善

　　從 20 年代到 30 年代，新文學的中心從北方轉移到了南方。沈從文有這樣的描述，「新文學運動發生以後，辦雜誌和出小刊物，北平本是最理想的地方。因為北平是全國文化中心地，不特有很多基本作者，而且也有很多基本讀者，所以新文學運動基礎在北方，新書業發軔也在北方。但這種事到後卻有了變遷，從民國十五年起，中國新興出版業在上海方面打下了一個商業基礎後，北平這個地方就不大宜於半文學雜誌了。」[12]文學刊物、雜誌等出版業的南

---

[10] 鄭振鐸：《隨感錄》，《鄭振鐸文集》第 4 卷，人民文學出版社，1985 年，第 14 頁。
[11] 周策縱：《五四運動史》，嶽麓書社 1999 年，第 259 頁。
[12] 沈從文：《對於這新刊誕生的頌辭》，《沈從文文集》第 12 卷，花城出版社，1992 年，第 192 頁。

移自然帶來了文學創作中心的遷移。上海成了 30 年代文學的中心，它有無產階級的「左聯」，還有民主主義作家群體，也有現代主義的新感覺派小說，以鴛鴦蝴蝶派為代表的通俗文學創作群依然勢頭很健。文學關懷現實的慾望更為強烈，文學的形式創新也一浪接一浪，文學的市場功能不斷增強和完善。

30 年代文學帶有強烈的商業化和政治化氣息。這幾乎是難免的事，文學進入了社會大市場，也就不可能做旁觀者，必然受到它的約束。以文學寫作為生計，已經變得非常普遍了，魯迅 20 年代末來到上海，從此，他就成了一位地地道道的依靠寫作為生的職業作家。在 1922 年的《〈吶喊〉自序》裡，他敘述從事寫作的理由，沒有提到「錢」這個字眼，寫作成為拯救「鐵屋子」昏睡者的民族寓言。幾年以後的 1926 年，他在《寫在〈墳〉後面》，兩次提到「為賣錢而作」和「因為能賺錢」的寫作動機和理由。由此可見，現代文學從 20 年代把文學當作人生事業的神聖設計，逐漸轉變為依靠寫作而謀生。當然，並不完全都是「著書皆為稻粱謀」的市儈氣，但不能忽略文學的生計問題。反過來說，如果文學不能解決人們的生計問題，參與文學的人自然就會大大減少，當然會變得少而精，但也會影響到它的寫作動力，到那個時候，多寫少寫一個樣，至少在作品總量上會有所變化。

沈從文認為：「新文學同商業發生密切關係，可以說是一件幸事，也可以說極其不幸。若從小說看，二十年來作者特別多，成就也特別多，它的原因是文學徹底商品化後，作者能在『事業』情形下努力的結果。至於詩，在文學商品化意義下卻碰了頭，無法得到出版商的青睞。」[13]「從民國十六年後，中國新文學由北平轉到上海以後，一個

---

[13] 沈從文：《新詩的舊帳》，《沈從文文集》第 12 卷，花城出版社，1992 年，

不可免避的變遷，是在出版業中，為新出版物起了一種商業競賣。」[14]
商業化和政治化對新文學的影響非常深遠。為了生存和發展，文學雜
誌如春天般的植物一樣瘋長，為了爭奪讀者和地盤，刊物間常出現相
互打鬥和競爭，如《太白》、《文學》、《論語》和《人間世》。文學雜
誌的生存必須依賴於讀者市場，沒有讀者，刊物哪有經濟實力，除非
是官辦刊物，現代文學中的官辦文學刊物很少，有幾家也沒有多少影
響。大部分是同仁刊物和民辦刊物。文學刊物要獲得「溫飽」，更需
要建立相對穩定的作者和讀者群。現代文學刊物的壽命都不是很長，
大部分刊物存在的時間相當短暫，一年兩年的都有，甚至是幾個月的
刊物也有。文學刊物變化快，說明讀者的口味多變，也說明辦刊者的
市場意識很強，當然，也說明現代文學刊物的生長環境相當惡劣。文
學包括文學刊物要發展壯大，的確需要眾多力量的參與。沈從文所說
的發生在刊物之間的打鬥，也何嘗不是一種自我推銷？通過罵架吸引
讀者，從《新青年》的「雙簧戲」就有過，不過，刊物為了爭奪讀者
而發生爭鬥，也的確會出現「把讀者養成歡喜看戲不歡喜看書的習
氣，文壇消息的多少，成為刊物銷路多少的主要原因」，「爭鬥的延長，
無結果的延長，實在可說是中國讀者的大不幸。我們是不是還有什麼
方法可以使這種『對罵』占篇幅少一些？一個時代的代表作，結起帳
來若只是這些精巧的對罵，這文壇，未免太可憐了。」[15]這也是現代
文學日益被市場化和商品化的結果。

第 182 頁。

[14] 沈從文：《論中國創作小說》，《沈從文文集》第 11 卷，花城出版社，1992
年，第 162 頁。

[15] 沈從文：《談談上海的刊物》，《沈從文文集》第 12 卷，花城出版社，1992
年，第 177 頁。

當然，30 年代也有同仁刊物，比如《現代》雜誌。施蟄存在發刊詞中說：「本誌是文學雜誌，凡文學的領域，即本誌的領域。本誌是普通的文學雜誌，由上海現代書局請人負責編輯，故不是狹義的同人雜誌。因為不是同人雜誌，故本誌並不預備造成任何一種文學上的思潮、主義或黨派。因為不是同人雜誌，故本誌希望得到中國全體作家的協助，給全體的文學嗜好者一些適合的貢獻。因為不是同人雜誌，故本誌所刊載的文章，只依照著編者個人的主觀為標準。至於這個標準，當然是屬於文學作品的本身價值方面的。因為本誌在創刊之始，就由我主編，故覺得有寫這樣一個宣言的必要，雖然很簡單，我以為已經盡夠了。但當本誌欲別人繼我而主編的時候，或許這個宣言將要不適用的。所以，這雖然說是本誌的創刊宣言，但或許還要加上「我的」兩字為更適當些。」[16]《現代》有同仁刊物性質，與五四時期《新青年》帶有陳獨秀個人性特點相似，也有施蟄存的個人趣味。如果一個刊物既能適應社會市場需求，又有鮮明的個人或同仁色彩，那是最為理想的。要做到二者統一，畢竟很少。40 年代的《七月》和《希望》有這樣的特點。

　　胡風創辦《七月》和《希望》雜誌，有他自己的編刊思想，衝破陳腐的束縛，追求個性和新鮮。《七月》和《希望》有五四時期的「同人雜誌」特點，胡風曾在一次座談會上有過解釋：「我所說的『同人雜誌』，是指編輯上有一定的態度，基本撰稿人在大體上傾向一致說的，這和網羅各方面作家的指導機關雜誌不同。第一，我認為，用一個文藝態度號召作者讀者，由這求發展的雜誌，對於文學運動是有用的，第二，《七月》的工作如果不是採取這個方向，

---

[16] 施蟄存：《現代・創刊宣言》，1932 年 5 月 1 日。

恐怕很難得開始。第三，《七月》也並不是少數人佔領的雜誌，相反地，他到是儘量地團結而且號召傾向上能夠共鳴的作家，例如，開始沒有寫稿的作家現在寫得很多，如東平、艾青等；許多新作家的出現更不必說了。這是一個方針或方向問題，我平常談話的時候，是使用『半同人雜誌』這個說法的。」[17]正是因為擁有這樣的刊物，它形成了一個詩歌流派。

40 年代文學刊物出現多樣化，民族戰爭也使文學刊物的生存更為艱難。巴金在《寫給讀者》裡說到，在敵人的隆隆炮火聲裡，「接連不斷的轟炸」，作者帶著《文叢》的稿子東奔西走，最終印成。「這本刊物是在敵機接連的狂炸中編排、制型、印刷的。倘使它能夠送到讀者諸君的眼前，那麼請你們相信我們還活著。而且我們還不曾忘記你們。」[18]並向敵人證明瞭「我們的文化是任何暴力所不能摧毀的」，「我們的文化與我們的土地和人民永遠存在」[19]。辦刊物就是為了傳遞人還活著、文化還活著的資訊！這是多麼觸目驚心的事實。

文學受到了嚴酷的文化審查，戰亂、貧窮、饑餓和流浪對文學刊物造成了相當大的壓力，但是，在抗戰時期的文學刊物特別活躍，有一股精神力量在裡面。辦刊形式靈活多樣，文學更接近社會讀者。從文學與社會關係的密切角度，應該說，40 年代文學所發揮的社會作用更為顯著，它在社會各個領域裡所占的空間也非常

17　曉風：《胡風創辦〈七月〉和〈希望〉》，《新文學史料》，1993 年 3 期。
18　巴金：《寫給讀者（二）》，《巴金選集》第 8 卷，四川人民出版社，1982 年，第 234 頁。
19　巴金：《寫給讀者（二）》，《巴金選集》第 8 卷，四川人民出版社，1982 年，第 233 頁。

突出顯眼。如同布迪厄（Pierre Bourdieu）所說：「占位空間的根本改變（文學或藝術革命）只能來自於組成位置空間的力量關係的轉變，轉變之所以可能，取決於一部分生產者的顛覆慾望和一部分（內部和外部的）公眾的期待之間的契合，因而取決於知識場和權力場之間的關係變化。當一個新的文學或藝術集團在場中推行開來，整個位置空間及相應的可能性空間，乃至整個未定性，都發生了轉變：由於新集團開始存在，也就是開始變化，可能選擇的空間就發生了變化，至此占統治地位的產品則被推到了次等或經典產品的地位。」[20]現代文學是以文學參與社會的改造和思想的啟蒙為利益，五四時期的新文學形成了集體的力量而作用於大學和青年，但它的影響面過於狹窄，甚至出現有作者就是讀者的現象。到了 40 年代，新文學讀者群已經形成，各種性質的文學雜誌紛紛創刊，傳播渠道暢達。並且，因民族戰爭的爆發，而使中國文學客觀上被分割成了不同的區域空間，擁有不同的讀者和作者群落，在不同的文化地域背景之下，創辦了風格多樣的文學刊物，創作出不同表現形式的文學作品。

　　解放區文學的政治意識突出，它在作家與社會、文學與讀者之間建立了一種新型的文學制度。它對文學的規範性顯得更為突出，在文學的傳播與流通過程，文學的生產與再生產方式等方面，表現得更為直接和通達。可以說，40 年代的解放區文學試圖追求文學與社會、作家與讀者的相互適應與改造。社會不斷改變著文學，改造著作家，反過來，文學作家和作品也在政治意識的推動之下，實現對社會大眾的想像性影響。作家有了幹部身份，過的都是帶有原

---

[20] 布迪厄：《藝術的法則》，中央編譯出版社，2001 年，第 281 頁。

始性共產主義的包干制生活。雖然遠離了市場的顛簸，但又有著明顯的政治環境約束；文學團體、文學刊物被文化體制統管起來，作家不再擔心生活，文學刊物不再擔心市場競爭，文學作品不再擔心出版與發行。至此，現代文學制度日趨單純與完善。

第四章

文學社團與組織制度

隨著傳統士紳結構的解體，新興知識階層的興起，創建學會與社團成為他們參與社會改造，顯示自身力量的一條重要途徑。最能集中顯示新文學宣導者的意圖和策略的則是他們對文學社團的構思與運作。文學社團是現代文學有別於傳統文學的一個新傳統，中國現代文學作家和作品都被媒介編織進了或緊密或鬆散的文學社團，文學已不再是獨立的語言世界和作家個人的私事，它有了被計畫、被組織的規範性，因時因地因人而不同，因媒介因社團而不同。文學首先在媒介上流行，在社團裡獲得共識，有組織性性、人為性和群體性特徵，少了「純粹」與「純潔」。一般文學史對文學社團的考察，多把它放入文學流派或者是文學思潮的研究視野，忽略了它作為文學制度形式的豐富意義。王曉明曾在《一份雜誌和一個「社團」——重評五四文學傳統》一文中，認為文學研究忽略掉「文本以外的現象」。對一個文學社團，文學史較多關注的只是社團的創作取向以及社團成員創作了哪些作品，至於社團本身，它是「如何出現，又如何發展，它們對文學文本的產生和流傳，對整個現代文學的歷史進程，究竟又有些什麼樣的影響」，則很少涉及。[1]他通過

---

[1] 王曉明：《一份雜誌和一個「社團」——重評五四文學傳統》，《批評空間的

對「文本以外的現象」——《新青年》雜誌和文學研究會的研究，發現《新青年》有功利主義思想、絕對主義思維和救世主心態，文學研究會有設計文學，擔當文學主流和中心的文學意識。其實，在當時所有比較大的文學社團都有同樣的文學意圖。

有的文學社團組織嚴密，也有的非常鬆散。鬆散者如新月社，梁實秋回憶說：「新月一夥人，除了共同願意辦一個刊物之外，並沒有多少相同的地方，相反的，各有各的思想路數，各有各的研究範圍，各有各的生活方式，各有各的職業技能。彼此不需標榜，更沒有依賴，辦刊物不為謀利，更沒有別的用心，只是一時興之所至。」[2] 新月社有它自己的特點，從社員構成看，他們有留學英美的文化背景，有深厚的情感和友誼，有自由主義知識份子的趣味和思想追求。嚴密者如「左聯」，它是一個帶有鮮明的政治意識形態的文學社團，組織嚴密，紀律嚴格。加入其組織，既可以增添文化資本，同時也對作家的文學創作有規範和約束。所以，魯迅就曾勸過肖軍不要加入「左聯」。沈從文也曾很有感觸地說：「好作品不一定能從團體產生」，「一個作家支持他的地位，是他個人的作品，不是團體」，「把一群年青作家放在一個團體裡，受一二人領導指揮，他的好處我們得承認，可是他的壞處或許會更多。」[3] 沈從文在這裡道出了作家和「好作品」與文學社團的複雜關係，一個作家或作品能從一個團體得到「好處」，也同時會帶來不少的「壞處」，在這背後起作用的主要還是作家與社團的關係以及文學社團的性質。文

開創》，東方出版中心，1998年，第187頁。.
[2] 梁實秋：《梁實秋自傳》，江蘇文藝出版社，1996年，第144頁。
[3] 沈從文：《新廢郵存底·12》，《沈從文文集》第12卷，花城出版社，1992年，第40頁。

學社團能提供作家一定的文化資源，或者說是文化資本，但它往往只能制約一般性的作家，尤其是在由文學愛好者變成為作家，由普通作家變為名作家的過程中，它會產生一定的引導和扶助作用。對已經是名作家，或者是有個性的作家如郁達夫等，它的作用就會大大減弱。當然，文學社團本身的性質和特點，如在政治性、商業性和文學性上有不同的追求和選擇，自然就會對作家的制約作用有著不同的差異。

下面以創造社為例，探討文學社團的運作方式，文學社團與作家的複雜聯繫。

一、在文學與非文學之間：社團的崛起

創造社的成立，事後他們有這樣的說明，「沒有固定的組織」，「沒有章程，沒有機關，也沒有劃一的主義」，只是各自「本著我們內心的要求，從事於文藝的活動」。[4]這是創造社主將郭沫若的解釋，他把創造社的成立描述為一個自然而然、水到渠成的過程，把創造社定位在一個純文學社團形象。在沒有人為因素的前提下，創造社成立了，在它背後卻其實也受到一定的制度性力量的制約。郭沫若還談到過創造社的成立，起因於他與張資平的一次邂逅談話。1918 年的中國正發生著一場文化思想啟蒙運動，《新青年》作為思想啟蒙刊物吸引了社會各界的注意力。郭沫若卻認為，當時國內為數不多的幾份大雜誌裡面的文章，「不是庸俗的雜談，便是連篇累牘的翻譯，而且是不值一讀的翻譯。小說也是一樣，就偶爾有些創

4　郭沫若：《編輯餘談》，原載 1922 年 8 月 25 日《創造》季刊第 1 卷第 2 期。

作，也不外是舊式的所謂才子佳人派的章回體。」[5]這顯然包括當時很有影響的《新青年》雜誌。如果對《青年雜誌》和《新青年》加以檢索，可以看到《青年雜誌》的一到六號，討論的多是青年教育、教育方針、人生目的和國體問題。《新青年》二卷六號以前，集中於反孔反儒、憲法與孔教、政治倫理等問題。文學問題並不顯得特別突出，在數量上就一目了然。並且，即使與文學有關的，也多是翻譯，在文學方面，《新青年》翻譯了屠格涅夫、王爾德等人的小說戲劇，在創作和理論方面幾乎還沒有出現。[6]根據阿英的統計，1875-1919年間的翻譯小說多達600多種，翻譯小說在開啟民智方面起到了明顯的作用。可以肯定地說，反傳統的思想啟蒙的確是這一階段的中心任務，郭沫若的判斷有一定的道理。

張資平也認為當時的「國內沒有一部可讀的雜誌」。《新青年》雖然「還差強人意」，但「我看中國現在所缺乏的是一種淺近的科學雜誌和純粹的文學雜誌」[7]。因此，他和郭沫若主張「找幾個人來出一種純粹的文學雜誌，採取同人雜誌的形式，專門收集文學上的作品。不用文言，用白話。」[8]郭、張的會晤便成了創造社發起的前奏。從他們的說法看，創造社的成立起因於文學雜誌的運作，因為國內缺乏純文學刊物，他們的初衷是成立一個從事純文學創作

---

[5] 郭沫若：《創造十年》，《郭沫若全集》（文學編）第12卷，人民文學出版社，1992年，第46頁。

[6] 唐沅等：《中國現代文學期刊目錄彙編》（上），天津人民出版社，1988年，第1-37頁。

[7] 郭沫若：《創造十年》，《郭沫若全集》（文學編）第12卷，人民文學出版社，1992年，第46頁。

[8] 郭沫若：《創造十年》，《郭沫若全集》（文學編）第12卷，人民文學出版社，1992年，第47頁。

的同人社團。他們的意圖和打算與事實之間是否存在一定的距離？這值得進一步做探索。

　　文學社團的崛起，有適應社會時代的需要和文學自身發展的原因，當然也包括作家們自身的個人原因。創造社的成立雖然是郭沫若、成仿吾、郁達夫、張資平等幾個志趣投合的文學青年，出於創辦一份純文學雜誌的願望，宣洩「自我」內心欲求而發起成立的，但它本身也同樣有著深刻的社會時代背景。「『五四』運動使我們集合起來」，這是成仿吾回顧在日本醞釀創造社時說的一句話。1920 年，成仿吾在給郭沫若的信中這樣寫道：「新文化運動已經鬧了這麼久，現在國內雜誌界的文藝，幾乎把鼓吹的力都消盡了。我們若不急挽狂瀾，將不僅那些老頑固和那些觀望形勢的人要囂張起來，就是一班新進亦將自己懷疑起來了。」[9]在這短短數語中，可以看出成仿吾的「野心」，他把郭沫若和張資平兩人商量的帶有同人性質的文學刊物，理解為天降大任於斯人的「急挽狂瀾」。當時的文學現狀也表明，新文壇企盼著一種新生力量的加入和誕生，相對說來，它更需要用文學創作的實績來證明新文學的合理性，當然，創造社的成立也加強了新文學陣營的力量，擴大了新文學地盤，佔有和吸引了青年讀者進入新文學。它對新文學的發展壯大顯然有舉足輕重的作用，從此，五四時期的新文學就被兩分天下，文學研究會與創造社成了領頭羊，在它們背後分別聚集了一批有著近似文學主張的文學社團。創造社有瓜分文學地盤的意圖，與文學研究會逐漸形成兩壁對壘的局面。

9　郭沫若：《創造十年》，《郭沫若全集》（文學編）第 12 卷，人民文學出版社，1992 年。

文學社團的創建既有出於文學的原因，也有屬於非文學方面的其他原因。

在創造社開始文學活動的時候，文學研究會已經在新文學領域取得了相當穩固的地位。文學研究會基本上還是一個文學社團，但它卻採取了社會運動的步驟和形式：如在北京設有總會，在各地設立分會；創辦了《文學旬刊》，改編《小說月報》作為自己的文學陣地；主觀地提出文學「為人生」和寫實主義的基本主張。在會員的組成上，實現最大可能的包容性，包括學者、軍界要人及風格各異的作家，都吸收進入文學研究會。郭沫若等創造社成員，也曾受到過入會的邀請。這說明文學研究會的組織者並不十分看重創作追求或藝術風格的一致性，而是看中文學組織的規模及其社會影響。他們並不是把文學只看作文學領域的事，而是作為社會活動中的文學方式。通過創辦文學刊物，吸收會員，宣傳文學主張等種種措施，文學研究會確立了在文壇上的正統和主宰地位，成為能夠代表和支配整個新文學界的中心團體。在文學研究會成立的時候，他們還積極邀請過郭沫若和田漢等加入文學研究會，當郭沫若剛從日本回到上海，文學研究會的鄭振鐸、葉聖陶和沈雁冰都相互見過面，郭沫若對鄭、葉二人的印象不錯。但是，這對極富個人欲望和詩人氣質的郭沫若而言，讓他屈尊於文學研究會，顯然有些一相情願。他與在日本留學的一幫年青人極力想創辦一份文學雜誌，想獨立文學山頭。他婉言拒絕文學研究會的好意，也是情理之中的事。

對郭沫若、郁達夫、成仿吾等這幫血氣方剛，才高氣盛，立意在文壇上創造一番事業的人而言，他們決不會甘心在別人已經佈置好了的陣地上充當無名小卒，他們也想成為新文學的領導者，也想指點江山、激揚文字，他們有自己的文化野心。當郭沫

若在事隔 10 多年以後，還不無負氣地說出「是的，只有文學研究會才是文學的正統，是最革命的團體」[10]。由此可見，身處當時特定環境中的他們心中有著何等的不滿情緒。在他們內心悄悄萌生了挑戰文學研究會這一文壇新權威，改變國內文壇狀況的衝動和打算。事實上，這一衝動在創造社成立的時候，就已被郁達夫和盤托出了：「自文化運動發生之後，我國新文藝為一二偶像所壟斷，以致藝術之新興氣運，漸滅將盡。」因此，創造社成立的目的就是要「打破社會因襲，主張藝術獨立，願與天下之無名作家，共興起而造成中國未來之國民文學。」[11]在 1922 年 3 月 15 日的《創造》季刊創刊號上，郁達夫和郭沫若還分別發表了《藝文私見》和《海外飛鴻》兩篇文章。郁達夫寫道：「文藝是天才的創造物，不可以規矩來測量的」，「現在那些在新聞雜誌上主持文藝的假批評家，都要到清水糞坑裡去與蛆蟲掙食物去。那些被他們壓下的天才，都要從地獄裡升到子午白羊宮裡去呢！」「真的天才和那些假批評家假文學家是冰炭不相容的，真的天才是照夜的明珠，假批評家假文學家是伏在明珠上的木斗。木斗不除去，真的天才總不能釋放他的靈光，來照耀世人。除去這木斗的仙手是誰呀！就是真正大批評家的鐵筆！」[12]郁達夫似乎是對國內文學批評家很不滿，在當時真正熱衷於新文學批評的卻並不多，舊式文人除林紓外人都瞧不起新文學，創辦不久的《學衡》雜誌上也才

---

[10] 郭沫若：《創造十年》，《郭沫若全集》（文學編）第 12 卷，人民文學出版社 1992 年。

[11] 《純文學季刊〈創造〉出版預告》，上海《時世新報》，1921 年 9 月 29、30 日。

[12] 郁達夫：《藝文私見》，《郁達夫文集》第 4 卷，花城出版社，1991 年，第 117-119 頁。

剛發表胡先驌的《評〈嘗試集〉》，文學研究會則發表了許多文學評論，不知郁達夫到底針對誰而「放矢」？

　　郭沫若說得比郁達夫更為明確些，他說：「我們國內的創作界，幼稚到十二萬分」，「我國的批評家——或許可以說是沒有——也太無聊，黨同伐異的劣等精神，和卑陋的政客者流不相上下，是自家人的做作譯品，或出版物，總是極力捧場，簡直視文藝批評為廣告用具；團體外的作品或與他們偏頗的先入見不相契合的作品，便一概加以冷遇而不理。他們愛以死板的主義規範活體的人心，什麼自然主義啦，什麼人道主義啦，要拿一個主義來整齊天下的作家，簡直可以說是狂妄了。我們可以各人自己表現一種主義，我們可以批評某某作家的態度是屬於何種主義，但是不能以某種主義來繩人，這太蔑視作家的個性，簡直是專擅君主的態度了。」[13]在他的字裡行間存在著一股極強的挑戰性，所指也非常明確，就是「那些在新聞雜誌上主持文藝的假批評家」，「那些被他們壓下的天才」，那些用「自然主義」和「人道主義」「拿一個主義來整齊天下的作家」等等，話說得非常明白了，矛頭顯然指向了當時的文學研究會。

　　在創造社的咄咄逼人的氣勢之下，文學研究會給予了回應。茅盾以筆名「損」發表了《〈創造〉給我的印象》一文，由此引發了一場持續長達幾年的文學論爭。創造社殺出了一條血路，但損失也不小。兩個文學社團之間所展開的論爭，與其說是出於文學觀念上的差異，不如說是為了爭奪文學話語的領導權。自從傳統知識通向權力之路斷裂之後，現代知識份子轉向了重新佔有新知

---

[13]　郭沫若：《海外飛鴻》，《創造》季刊第 1 卷第 1 期，1922 年 3 月 15 日。

識，借助知識本身獲得話語權力。知識資源被重新分配，知識走
向了話語權力。

　　創造社想改變文壇既定格局，實現自己領導文壇潮流的雄心，
這就必須要在文學研究會所開創的新文學傳統之外，又開闢一片新
的屬於自己的文學領地。他們以「創造」為標語，文學主張上，在
文學研究會『為人生』的寫實主義之外，宣導個人主義和浪漫主義；
在作品內容和題材上，他們避開文學研究會關注社會問題的視角，
而關心物質生活的「食」問題和情感生活的「性」問題，表現既有
個人體驗的，也帶有時代普遍性的「生的苦悶」和「性的苦悶」。
他們「本著內心的要求」，「大膽表現自我」，不僅體現了創造社成
員內心衝動的真實渴求，而且也應和了時代對文學的普遍需求，尤
其契合了當時的廣大青年人的心聲。一種憤激而憂鬱的情緒，一種
創新的個性，使創造社與文學研究會有了迥然相異的文學氣息，有
如「異軍蒼頭突起」[14]。

　　沈從文在《論中國創作小說》中從讀者的角度積極肯定了創造社
的功績。他稱「當時『人生文學』能拘束作者的方向，卻無從概括讀
者的興味」，「與上列諸作者（按：指文學研究會成員）作品取不同方
向，從微溫的，細膩的，惑疑的，淡淡寂寞的憧憬裡離開，以誇大
的，英雄的，粗率的，無忌無畏的氣勢，為中國文學拓一新地，是創
造社幾個作者的作品。郭沫若、郁達夫、張資平，使創作無道德要求，
為坦白自白，這幾個作者，在作品方向上，影響較後的中國作者寫
作的興味實在極大。同時，解放了讀者的興味，也是這幾個人。」[15]

---

[14]　郭沫若：《論郁達夫》，《人物雜誌》第 3 期，1946 年 4 月。.
[15]　沈從文：《論中國創作小說》，《沈從文文集》第 11 卷，花城出版社，1992
　　　年，第 170 頁。

他用一句「解放了讀者的興味」，就非常精當地表明，在五四那個狂飆突進的時代，創造社以浪漫主義和個人主義，更能反映或代表著那個時代青年人的精神和心理。正因為如此，「創造社叢書」一經問世，便征服了文壇。創造社的編者甚至在廣告中帶有幾分狂氣地宣稱：「本叢書自發行以來，一時如狂潮突起，頗為南北文人所推重，新文學史上因此而不得不劃一新時代。」[16]在狂妄的背後是創造社成員為其創作所取得的出乎意料的社會效果而有的狂喜之情。他們更有了與文學研究會抗衡的讀者市場和資本。當新文學還處在左沖右突的時候，文學資本並沒有被壟斷，新文學格局和體制也沒有完全被確定下來，這反而為新文學留下了許多可以自由生長的文學空間。文學研究會以反傳統文學的「載道」而皈依人生的「哲理」，創造社則反傳統之「理性」而轉向生命的「情緒」。於是，創造社也擁有了自己獨特的文學資本，佔據了一個相當有利的話語地位。從此，創造社爭得了與文學研究會的平等地位，得到社會的公正而平等的評價，包括文學研究會的鄭振鐸也有這樣的評價：「新文學的建設時代，也便是文學研究會和創造社的時代」[17]。在新文學的建設時期，創造社與文學研究會共同建立了新文學的平等而競爭的社團機制。

創造社成立之初，曾主張「藝術獨立」，反對文學的功利目的。成仿吾認為藝術的價值應放在「除去一切功利的打算，專求文學的全與美上」[18]，郭沫若認為「藝術本身無所謂目的」[19]，郁達夫則

---

[16] 《創造》季刊第 1 卷第 4 期，1823 年 2 月 1 日。
[17] 鄭振鐸：《五四以來文學上的論爭》，《中國新文學大系導論集》，上海書店，1982 年影印，第 77 頁。
[18] 成仿吾：《新文學之使命》，《創造週報》第 2 號，1923 年 5 月 20 日。

主張「美的追求是藝術的核心」[20]。但是，他們一方面致力於文學的獨立價值，另一方面又無法捨棄文學的功利價值。郭沫若在《兒童文學之管見》認為：「文學是人生的表現，它本身具有功利的性質，即是超現實的或帶些神秘意味的作品，對於社會改革和人生的提高上，有時也有很大的效果。」[21]成仿吾在《新文學之使命》中也認為：「文學是時代的良心，文學家便當是良心的戰士」[22]。對文學功利價值的追求使創造社的「藝術獨立」主張，「唯美主義」的價值追求顯得不再那麼純粹。事實上，創造社作家從未抹煞過文學與人生的密切聯繫，郁達夫在《文學上的階級鬥爭》也認為：「藝術就是人生，人生就是藝術，又何必把兩者分開來瞎鬧呢？試問無藝術的人生可算得人生麼？又試問古今來哪一種藝術是和人生沒有關係的？」[23]這寫都說明創造社從它成立那天起就與他們自己所宣導的純文學同人社團的初衷有違背。在文學本質上，文學研究會與創造社並沒有什麼根本的不同，所謂人生派與藝術派都只是鬥爭上使用的幌子。郭沫若後來把文學研究會與創造社的論戰解釋為是「無聊的對立」，是「文人相輕」的「行幫意識的表現」[24]。李歐

---

[19] 郭沫若：《文藝之社會的使命》，《郭沫若全集》（文學編）第 15 卷，人民文學出版社，1992 年，第 200 頁。

[20] 郁達夫：《藝術與國家》，《郁達夫文集》第 5 卷，花城出版社，1991 年，第 152 頁。

[21] 郭沫若：《兒童文學之管見》，《郭沫若全集》（文學編）第 15 卷，人民文學出版社，1992 年，第 275 頁。

[22] 成仿吾：《新文學之使命》，《創造週報》第 2 號，1923 年 5 月 20 日。

[23] 郁達夫：《文學上的階級鬥爭》，《郁達夫文集》第 5 卷，花城出版社，1991 年，第 135 頁。

[24] 郭沫若：《創造十年》，《郭沫若全集》（文學編）第 12 卷，人民文學出版社，1992 年，第 140 頁。

梵也認為：「（文學研究會與創造社）在實際上的對立並不像在理論上的對立那樣明顯」[25]。創造社不過是為了在文學研究會創立的新文學傳統之外另闢一片新世界，事實上，他們都共同屬於新文學傳統，正如有研究者所指出的那樣，「『五四』新文化運動和文學研究會所奠定的新文學傳統像如來佛的掌心一樣，他們無論怎樣翻騰，都難以逃出這一文學傳統的內在活力，他們的作品，也成為這一文學傳統的組成部分。」[26]從這個層面上來說，創造社自成立的時候起就埋伏著後來轉變的內在驅動力。

二、作家與社團的分分合合

郁達夫是創造社的元老，他深受外來文藝的影響，有西方唯美主義思想。但在他身上也隱藏著「名士才子」氣質，這使他很容易與傳統文化發生精神和情感的默契與溝通，傳統文人的憂患和歷史使命感，也不可避免地深藏於他那充滿幻美色彩的心靈裡。他積極地從事於新文學運動，當郭沫若同他談及籌辦《創造》季刊事宜，在短短的不到兩個禮拜的時間裡，他便寫出了出版預告。前期創造社以「本著內心的要求」，大膽的「自我表現」為創作宗旨，郁達夫不僅積極回應，還以小說《沉淪》和《南遷》等給予最有力的支持。1923 年，創造社的事業蒸蒸日上，但在「高潮」背後也潛伏著嚴重的價值分歧。在創造社的社會聲響日益高漲之時，郁達夫卻在新開闢的《創造日》的發刊《宣言》中說：「我們想以純粹的學

---

[25] 李歐梵：《現代性的追求》，三聯書店 2000 年，第 205 頁。
[26] 張全之：《論創造社向五四文學的兩次挑戰——創造社與五四文學關係新論》，《山東社會科學》1999 年第 2 期。

理和嚴正的言論來批評文藝、政治、經濟，我們更想以唯真唯美的精神來創作文學和介紹文學」[27]。這表明郁達夫依然是知識份子身份說話的，他追求藝術的「唯真唯美」，以學理為根據，對文藝、社會、政治做出嚴正的批評。這樣的理想與殘酷的社會現實存有一定的差距，與創造社的起成員的認知也有相當的距離。於是，1924年，創造社開始發生變化，他們有意識放棄「文學是天才的創造物」等「唯美主義」觀點，轉向了文學的「功利主義」，文學觀也由表現自我情緒向文學的時代性和社會性方向轉變。隨著文學激情的冷卻，創造社開始向文學研究會「為人生」的文學傳統靠攏。也許是為了感應這一轉變的氣息，郁達夫在《創造季刊》最末一期上發表了帶有某種「社會階級」情調的《春風沉醉的晚上》。但是，郁達夫並不是很適應這種轉變，像他這樣有著自己獨特生命體驗的作家，文學的寫作更多來自於生命底層的衝動，不可能受制於外在理念的約束。在 1924 年及其以後的很長一段時間，郁達夫的創作落入低潮。

1926 年以後，創造社轉變的步伐加快了。在 1926 年 5 月 1 日出版的《洪水》2 卷 16 期上，郭沫若發表了《文學家的覺悟》，接著，又在《創造月刊》1 卷 3 期上發表了《革命與文學》，成仿吾也發表了《革命文學與他的永遠性》。這些文章使《洪水》、《創造月刊》兩大刊物舉起了無產階級文學大旗，使創造社的方向轉換成為現實。面對昔日同人的紛紛轉向，郁達夫也確實想努力跟上時代步伐，改變自己的文學面貌，想隨著整個創造社群體實現方向的大

---

[27] 郁達夫：《〈創造日〉宣言》，《郁達夫文集》第 7 卷，花城出版社，1991 年，第 288 頁。

轉換。他在《創造月刊》的「卷頭語」中就曾明確提出:「我們的志不在大,消極的就想以我們無力的同情,來安慰那些正直的慘敗的人生戰士,積極的就想以我們微弱的呼聲,來促進這不合理的目下的社會的組成。」在這短短的幾句話裡,依然是五四文學的調子。郁達夫習慣於憑藉情緒感受去把握社會問題,雖然他也曾提出過無產階級文學,但他並沒有完全弄清楚無產階級文學的涵義,他還說過「真正無產階級的文學,必須由無產階級者自己來創造」,這無形中就否認了知識份子創造無產階級文學的可能性,也與創造社的幾個正熱火朝天地提倡無產階級文學的郭沫若、成仿吾有些背道而馳,至少沒有給予理論上的最大支持。以後受到他們的批評,也就在所難免了。

郁達夫注重個人性情而忽略了革命中的紀律,他在《洪水》上用化名發表了有關「廣州事情」,揭露當時革命隊伍中存在的種種不良傾向和問題[28],這更引起了郭沫若和成仿吾的指責,連王獨清也說過他,「郁達夫這人根本就是不懂政治的」[29]。他只是憑自己敏銳的直覺和感受寫下那篇文字,但在有郭沫若參加的北伐戰爭才剛剛開始,創造社正積極向革命文學實現大轉變,在這樣的氛圍裡,他的文章顯得是多麼不合時宜!當時的文學界流行著許多文學概念,他不反對,還試著做出自己的解釋,但這些概念並沒有完全溶解進他的生活,沒能融入他的情感和心理,他的解釋也依照自己的理解。在某種程度上,它不但沒有為理論創造者吶喊助威,還使他們的理論增加了歧義,幫了不少倒忙。對郁達夫來說,重要的不

---

[28]　郁達夫:《廣州事情》,《郁達夫文集》第 8 卷,花城出版社,1991 年。

[29]　王獨清:《創造社——我和他的始終與他底總帳》,《創造社論》黃人影編,光華書局,1932 年。

僅在於他想怎麼表達，還在於他只能那麼表達，他不能不那麼說！在創造社發生轉變的過程中，郁達夫陷於了情感與理智的矛盾，而當思想與體驗在發生矛盾時，郁達夫更多地服從於個人的真實體驗。於是，郁達夫成了創造社的「多餘人」，他脫離創造社或者說是創造社拋棄他，也就勢在必然。一般文學史所描述的是他同胡適的交往以及創造社出版部的清理，這些都不過是解釋他脫離創造社的兩點理由而已。

　　文學社團不是豆莢，包的都是豆，但豆莢總想包著的都是豆。創造社為了爭奪文學地盤，創辦純文學雜誌而成立。為了繼續搶奪文學話語權，不得不變更自新，一路狂奔。於是，就有了創造社的前後期兩個階段。前期創造社依靠對藝術的執著，對生活的審美追求而聚集在一起的，如同郭沫若所說：「我們所相同的，只是本著我們內心的要求，從事於文藝的活動罷了」[30]。儘管事實並不完全如此，但創造社是以一個追求純文學的同人社團而崛起於新文壇，並以表現自我，追求個性主義，崇尚唯美而成為新文學的一道美麗的風景。但是，當創造社發展到高潮時，卻出現了深重的危機感，一方面，《新青年》和文學研究會開創的新文學傳統作為一個巨大的歷史存在，已成為新文學生生不息的源頭；另一方面創造社這群在日本遭受歧視、精神苦悶的年青人，回到國內後，面對「國破山河碎」的社會現實，加上「五卅」運動的刺激，他們對民族災難的關注明顯超過了對個人內心悲苦的訴說，社會性和現實性成為創造社變化的方向。在 1924 年 8 月，郭沫若致信成仿吾，明確宣稱：由於翻譯了河上肇的《社會組織與社會革命》一書，自己「現在成

---

[30] 郭沫若：《編輯餘談》，《創造》季刊第 1 卷第 2 期，1922 年 8 月 25 日。

了個徹底的馬克思主義的信徒了」。自稱把「從前深帶個人主義色彩的想念全盤改變了」，對於文藝的見解也全盤變化了，進而認為：「現在而談純文藝是只有在年青人的春夢裡，有錢人的飽暖裡，嗎啡中毒者的迷魂陣裡，酒精中毒者的酩酊裡。」[31]一個人總是不斷變化的，今日之我非昨日之我，但事物之變化也有一定的延續，變中有不變因素。郭沫若對自己過去的完全否定，並不完全令人信服，事實上也受到了魯迅的質疑。自此，他把文學看作是「被壓迫者的呼號，是生命窮促的喊叫，是鬥士的咒文」的「革命文學」[32]。接著，創造社創辦了一個小型週刊《洪水》，但僅出版了一期，便停刊。直到 1925 年 9 月《洪水》由週刊改為半月刊才在上海復刊。《洪水》創刊後立即展開了關於社會革命問題的討論。

郭沫若連續發表了《盲腸炎與資本主義》、《窮漢與窮談》、《共產與共管》、《新國家的創造》、《社會革命的時機》、《馬克思進文廟》等系列文章。在郭沫若的帶動下，《洪水》還發表了蔣光赤、漆樹芬等人的文章。這不僅為《洪水》、為創造社的轉向營造了巨大的社會聲勢，而且還讓創造社同人從中體會到了嶄新的革命情緒，領略到了無產階級和社會主義意識的精神洗禮。周全平曾說：《洪水》雖然沒有一個標準的主義，但卻尊奉了一個一貫的原則，那就是『傾向社會主義和尊重青年的熱情』」[33]。這表明創造社轉向的步伐大大加快。創造社的轉變，在根本上也是基於創造社作家的「內在要

---

31 郭沫若：《孤鴻——致成仿吾的一封信》，《郭沫若全集》（文學編）第 16 卷，人民文學出版社，1989 年，第 20 頁。

32 郭沫若：《孤鴻——致成仿吾的一封信》，《郭沫若全集》（文學編）第 16 卷，人民文學出版社，1989 年，第 19 頁。

33 周全平：《關於這一周年的〈洪水〉》，《洪水》「周年增刊」，1926 年 12 月 1 日。

求」，成仿吾在《創造月刊》第 1 卷第 3 期《編輯後話》中有過這樣的說明：「我們的使命是二重的；一方面我們須從多於以永恆的人性為基調的表現之創造，他方面我們須努力於同以永恆的人性為基礎的生活之創造。假使我們不是甘願被時間丟在道旁的青年，我們是不能不把這二重的使命打成一片……。」[34]

這段話表明成仿吾企圖在「二重」使命中彌補前期創造社的某種局限，即在文學和革命的關係中發展「創造」精神。它十分清楚地傳達了創造社的「內在要求」的演變和發展軌跡。

1925 年 11 月，郭沫若在《文藝論集·序》中率先公開否定了自我個性發展的合理性，而以發展大眾個性為文學目標。郭沫若「覺得在大多數人完全不自主地失掉了自由，失掉了個性的時代，有少數的人要來主張個性、主張自由，總不免有幾分僭妄。」因此，他認為：「新文藝的生命」應該建立在文藝家「犧牲自己的個性，犧牲自己的自由，以為大眾人請命，以爭回大眾人的個性與自由」的基點上[35]。隨後，他又發表了《文學家的覺悟》、《革命與文學》等文章，成仿吾也有《革命文學與他的永遠性》、《完成我們的文學革命》、《文藝戰的認識》、《文學革命與趣味》和《文學家與個人主義》，蔣光慈有《十月革命與俄羅斯文學》，郁達夫有《無產階級專政與無產階級文學》，何畏有《個人主義藝術的滅亡》，穆木天有《寫實文學論》等文章的相繼發表，他們對革命文學發表自己的看法和認識，「革命文學」走向了前臺，自我表現則淡出了創造社視野。1926 年前後，當創造社切實感受到一場巨大的社會革命迫在眉睫之際，

---

[34] 成仿吾：《編輯後話》，《創造月刊》第 1 卷第 3 期，1926 年 5 月 16 日。

[35] 郭沫若：《〈文學論集〉序》，《郭沫若全集》（文學編）第 15 卷，人民文學出版社，1990 年，第 146 頁。

他們開始用革命取代破壞與創造，並成為把握時代動向，理解人生要義的鑰匙。前期創造社信奉藝術就是人生，人生就是藝術，後期創造社則把它演繹為文學就是革命，革命就是文學的命題。

在組織形式上，創造社也發生了顯著變化。前期創造社是一個「沒有固定的組織」，「沒有章程，沒有機關，也沒有劃一的主義」，只是「本著我們內心的要求，從事於文藝活動」的同人團體。到了1926 年的 9 月，卻出現了令人驚異的轉變，它不僅通過了《創造社章程》和《創造社出版部章程》，而且還在總社之外設立了分社，選舉產生了創造社的第一界執行委員會和出版部的理事會、監察委員會。顯然，同前期創造社相比，此時的創造社不但有了固定的組織、固定的機關，有了明確的章程；而且，章程中還這樣的規定：「本社領有文化的使命而奮鬥，凡社員入社後須嚴守本社社章，社內各問題各得自由討論，但一經決議後即須一致進行。」[36]這與後來的「左聯」非常相似。創造社的社團意識，尤其是組織意識得到了進一步的強化和突出。它還在組織上打破了文藝上的「主義」和派別的界限，不以原來的小團體立場來限制自己，而是採取廣泛地與社會各界，主要是文化藝術界的朋友交往，文學刊物也容納各方面的稿件。在這一時期創造社的兩份主要刊物《洪水》和《創造月刊》上，竟然出現了好些在過去的創造社刊物上從來沒有出現過，甚至根本不可能出現的作者名字，諸如秦邦憲、陸定一、錢杏邨、汪靜之、錢蔚華、焦尹孚、許傑、柯仲平、袁家驊、翟秀峰、裘柱常、李劍華、樓建南、顧仁鑄、黎錦明、谷鳳田、梁實秋、陳南耀、趙伯顏等人。這些人分屬各界、各種不同的政治文化傾向和派別。

---

[36] 《創造社社章》，《洪水周年增刊》，1926 年 12 月。

在 1926 年 5 月 1 日出版的《洪水》2 卷 16 期上，郭沫若發表了《文藝家的覺悟》，他宣稱：「我們現在所需要的文藝是站在第四階級說話的文藝」，這種文藝「在形式上是寫實主義的，在內容上是社會主義的」。這讓我們看到的創造社，正從前期「純文學」的同人社團走出來，走向一個無論在社團組織，還是社團意識上，都更接近於文學研究會，接近「左聯」的組織形式。

1927 年，創造社的元老們曾經想聯合魯迅一起「復活」《創造週報》，有「重做一番新的工作」的設想。但由於馮乃超、李初梨、朱鏡我、彭康等新銳成員的加入，這一計畫被擱淺了。一個新的刊物《文化批判》卻於 1928 年 1 月創刊。這是一個以理論批判為主的綜合性刊物，在《出版預告》中，他們這樣宣告：「本誌為一部分信仰真理的青年學者，在鬼氣沉沉濁氣橫流的時代不甘沉默而激發出來的一種表現」。成仿吾在《祝辭》中根據「沒有革命的理論，沒有革命的行動」，提出了《文化批判》將貢獻全部的革命的理論，將給予革命的全戰線以朗朗的火光」。鮮明的政治傾向和理論批判色彩構成了《文化批判》的主要特色。1927 年底，以創造社和太陽社為主，逐漸形成了一場無產階級革命文學運動，這一場運動以郭沫若、成仿吾相繼在《創造月刊》發表的《英雄樹》和《從文學革命到革命文學》為先導，以革新後的《創造月刊》和新出版的《文化批判》為主要陣地而轟轟烈烈地開展起來，幾乎席捲了整個 20 年代末的中國文壇乃至文化界。創造社由此實現「從文學革命到革命文學」的大轉變。其社團性質也由一個文學組織發展成為一個進行革命鬥爭的文化陣地。

創造社進入革命文學的宣導後，把革命文學理論的建設放在了中心位置，忽略了對創作實踐的要求。事實上，自成仿吾在《文化

批判》創刊號上發表的《祝辭》中援引列寧的「沒有革命的理論，沒有革命的行動」開始，此時的創造社就表現出了習慣於對無產階級文學長於理性把握的傾向。這實際上也是整個中國現代文學社團運作的一個基本策略，以理論指導創作，理論先在，創作後行。五四文學革命的《新青年》如此，文學研究會有這個特點，早期創造社似乎在這點上還不十分明顯，到了後期也自覺走向這條思路。照理說，一個文學社團最重要的功績是能推出有藝術風格的作家作品，而不是文學主張的多麼高妙，但對文學社團的社會影響，反而是文學理論和文學主張更為引人注目。文學社團用理論和主張來包裝自己，獲得社會的通行證。

| 第五章 |

文學論爭與批評制度

　　文學批評與文學創作有共生關係，文學批評促進文學的創作，如同布迪厄（Pierre Bourdieu）所說：「評論家通過他們對一種藝術的思考直接促進了作品的生產，這種藝術本身常常也加入了對藝術的思考；評論家同時也通過對一種勞動的思考促進了作品的生產，這種勞動總是包含了藝術家針對其自身的一種勞動。」[1]他又認為：「文化生產場每時每刻都是等級化的兩條原則之間鬥爭的場所，兩條原則分別是不能自主的原則和自主的原則」[2]，「自主原則」即文學獨立的純藝術原則，「不能自主」原則也就是文學功利的社會原則。文學批評和文學論爭都參與了文學的生產，參與文學的創造，並對文學的價值給予闡釋，確立文學的合法性意義和文學的體制和規範。現代文學與傳統文學不同，它的影響總要借助於一定的文學批評，需要文學批評的介入，使它儘快地走向社會和讀者。「藝術品要作為有價值的象徵物存在，只有被人熟悉或得到承認，也就是在社會意義上被有審美素養或能力的公眾作為藝術品加以制度化，審美素養和能力對於瞭解和認可藝術品是必不可少的，作品科

---

[1]　布迪厄：《藝術的法則》，中央編譯出版社，2001 年，第 207 頁。
[2]　布迪厄：《藝術的法則》，中央編譯出版社，2001 年，第 265 頁。

學不僅以作品的物質生產而且以作品價值也就是對作品價值信仰的生產為目標。」[3]文學的批評化而生成意義，文學批評就構成了文學意義的制度因素。文學生產不但生產作家作品，而且還生產文學的價值體系。

討論文學批評和文學論爭，往往容易流於空泛，以一個作品為例，具體分析文學批評和文學論爭的意義。

一、文學批評與文學意義

張天翼的《華威先生》曾引起過一場關於「暴露與諷刺」，關於現實主義的論爭，不失為一個恰當的例證。

1938 年 4 月，張天翼的諷刺小說《華威先生》在《文藝陣地》的創刊號上發表。小說描述了一個在抗戰時期只知道到處開會，接受宴請和發表講話，實際上卻「包而不辦」的「官僚」政客形象。它顯然隱含有諷刺抗戰工作中出現的缺點的寓意，於是，引起了一場爭論，乃至演變為一場關於「暴露與諷刺」的創作態度和方法的論爭。塵埃早已落定，但論爭本身卻有文學批評如何參與設計文學價值，確立文學秩序的意義。

現在回過頭來看抗戰初期的文學期刊，隨處可以看到加強文學批評的呼籲。情辭懇切，不無焦慮和希冀。中玉在《論我們時代的文學批評》中說：「……然而不幸因為我們批評者的怠工和不努力，文學的活動是始終在散漫的帶著自發性的情狀之下盲目地遲鈍地進行著。文學的功效迄今還沒有呈現出非常的增高，它還沒有對於

---

[3]　布迪厄：《藝術的法則》，中央編譯出版社，2001 年，第 276 頁。

目前抗戰貢獻出它應有力量的十分之一。批評家都悄悄地躲開了他們神聖使命的結果，使文學沒有能夠充分地發揮出它偉大的效果以服務於抗戰，沒有再比這個事實更叫人痛心的了。」[4] 這是對文學批評不力發出的痛心。周行也說：「文藝創作活動是落後於抗戰的現實的。但文藝上的批評，理論活動，更落後於創作活動。這正是當前整個文藝活動上的一大危機。為了保證上述的幾種工作能夠順利地展開，我們必須趕快在這一方面努力補救，使批評、理論活動旺盛起來，並真真成為一種指導的力量。」[5] 他所說的近於一個數學公式，現實大於創作，創作大於批評，他內心的真實想法則是需要倒過來。既強調文學活動對抗戰的功利作用，又強調文學批評服務於「抗戰」的任務目標。在他看來，文學批評具有巨大無比的力量，沒有批評的參與，僅僅讓文學創作發揮力量，那還不及「它應有力量的十分之一」。這樣，文學批評就不僅僅只是批評文學，而且更主要的是借助文學批評現實。如果說是文學和文學批評的作用得到了凸現和強化，倒不如說是社會現實的力量得到了強化和提高，文學批評所具有的發現文學的美和藝術的功能反而被抑制和忽略了。文學批評成為文學參與現實的一種手段，一種途徑，以文學的名義，實現對社會的批評功能。「以文學的名義」就成了文學批評的策略和手段，包括對《華威先生》的論爭和批評，都明確地體現了這個特點。

綜觀這場對《華威先生》的評論，可以發現，幾乎所有批評者都不是從純文學的立場進行批評的。它包含著太多現實的、時代的

---

[4] 中玉：《論我們時代的文學批評》，《文藝月刊》「戰時特刊」第 12 期，1939 年 12 月 1 日。

[5] 《文藝陣地》創刊號，1938 年 4 月 16 日。

和政治的動機。乃至在多年以後，當年的參加者在回憶這場論爭時，無意中說到了問題的實質，「這場論爭，實際包含著兩個重要問題，即怎樣看待抗戰的現實，以及怎樣看待文學作品的社會效果。」[6]真可謂一箭中的。文學批評已從文學性層面轉入到對社會現實的發言。林林在《談〈華威先生〉到日本》一文裡，有過這樣的描述：「這作品，姑不論他寫得善美與否，但它作為文學作品，對於救亡工作的病症的指摘，是有不可磨滅的意義，對本國的知識層，絕對是像藥一般有益的。」[7]我們也姑不論他到底說了些什麼，在這段話背後所流露的思維邏輯卻很是奇特。照一般常理，文學之所以為文學，就在於它能以藝術的形式創美的意義。如果「善美與否」不納入文學批評考慮的範圍，文學的文學性和藝術性自然就變得不重要，重要的是它「對於救亡工作的指摘」的意義，以及「對本國的知識層」的教育意義。這意味著在剔除文學的藝術性之後，納入文學批評的則是社會和現實的意義。在當時，像這樣的思維邏輯則是屢見不鮮，如《槍斃了的華威先生》的說法與林林的主張仍然相反，但其立論的依據依然基於這樣一個自設的事實：「華威先生已在我們抗戰中槍斃了」，作品的意義是「暴露自己的弱點，使我們認識了自己的弱點而把它改正過來」[8]。得出的結論不同，但立論的邏輯卻是一致的，都著眼於文學的社會功用而非藝術的審美意義。

---

[6]　王西彥：《當〈華威先生〉發表的時候》，《張天翼研究資料》，

[7]　林林：《談〈華威先生〉到日本》，《中國抗日戰爭時期大後方文學書系》（第二編），重慶出版社，1989 年，第 106 頁。

[8]　林林：《談〈華威先生〉到日本》，《中國抗日戰爭時期大後方文學書系》（第二編），重慶出版社，1989 年，第 109 頁。

張天翼做了自我辯護，他認為「日本人的發現『華威先生』，想要拿這一個人物來證明我們全民族都是這樣洩氣的傢夥，而向他們本國人宣傳，那只是白費力，因為效果適得其反」，「我認為我們的自我批判，被敵人聽見了也不要緊。為要我們自身更健康，故不諱自身上的疾病。這一點，日本人民會拿去與他們本國的情形對照一下的。（如不把『華威先生』之類帶到日本，也許還要慢一點才想起這個對比來。）」[9]這很讓人生疑，張天翼憑什麼就那麼肯定在日本「效果適得其反」，「日本人民會拿去與他們本國的情形對照一下」？實際上就文本而言，接受者更多地是感到華威先生的可笑，而很少上升到作者虛擬的高度。人們之所以牽強地設想作品的各種閱讀效果，也無非是想從現實層面肯定作品。即使論爭涉及到文學的創作手法問題，所強調的仍是作品的社會效應與作家的主觀世界，要求作家應有抗戰必勝的信心和對於光明的熱愛，總而言之，這一場看似熱鬧的文學批評，討論各方的立足點都不在文學上，都是在藉文學酒杯澆現實的塊壘。

何以如此呢？還是茅盾點出了個中緣由。他認為「目前我們的文藝工作萬般趨向於一個總目的，就是加強人民大眾對於抗戰意義之認識，對於最後勝利之確信，這是我們今日文藝批評之政治的，同時也是思想的尺規。」文藝必須加入到「消滅這些荒淫無恥自私卑劣」的力量中去。[10]在實際的文學批評中，批評者往往借助對作品的討論發表對於現實的看法，甚至對政治體制發表看法和批評。關於《華威先生》的討論，「問題倒不在於諷刺黑暗，而是不讓你

9　林林：《談〈華威先生〉到日本》，《中國抗日戰爭時期大後方文學書系》（第二編），重慶出版社，1989 年，第 112 頁。

10　茅盾：《論加強批評工作》，《抗戰文藝》第 2 卷第 1 期，1938 年 7 月 16 日。

諷刺黑暗」，文學批評轉變為現實鬥爭——「文藝上的自由是要爭取的，如何爭取自由就是今天文藝工作者的一樁重大的工作。」[11]文學批評的一座橋樑，渡過去是社會現實，而不是文學作品。具有個性化和藝術化的《華威先生》，經過批評和論爭，其意義被完全納入社會現實的運作之中，它真實的美學意義也被逐漸剝蝕、損耗，文學的社會意義則在批評過程中得到了承認並被無限地放大。文學批評成了一面放大鏡，照出的不是事物原形，而是照鏡子的原形和希冀。

　　文學批評的意義，一方面在作者與讀者之間起到「橋樑」作用，另一方面，可上升為文學理論，給文學現象以指導作用；文學批評對作品的闡釋，可以說明社會認識作品的意義，由批評的感性上升到理性的認知，創造文學理論。文學批評不可避免對作品有誤讀，批評者的理解與作者的意圖並不完全等同。張天翼創作《華威先生》的初衷，「企圖是提醒一般在抗戰中做工作的朋友們，在我們的進步之中還留下了些許缺點。我們一定要勇於承認我們自身上這些缺點，而努力克服它，要是我們中間有華威先生這種作風的，那就得指出來，好生批評他，說服他，使他健全起來。要是發現自己也有那種毛病，就得反省一下，切實加以改正。」[12]這明顯帶有文學教育的目的，張天翼並不想把華威先生塑造成一個面目可憎的惡徒，在他看來，「在我這愛管閒事的人看來，他們那種作風——在抗戰之中實在是個缺點。我感到痛心，而痛心之外又有幾分覺得他們可笑，但這只是一種苦笑……」，「痛心」和「苦笑」表明張天翼是把

---

[11]　《從三年來的文藝作品看抗戰勝利的前途》，《新蜀報》，1940 年 10 月 10 日。

[12]　張天翼：《論缺點》，《張天翼研究資料》，中國社會科學出版社 1982 年，第172 頁。

華威先生看作是抗戰陣營中有缺點的一員，他的缺點在從事抗戰工作的朋友中，「也有那種毛病」，基於諷刺對象屬於「我們」從事抗戰工作的陣營，因此，作者的敘述口吻較為親切，在苦笑中鞭韃，在諷刺裡流露溫情。他並非全部站在局外人的立場，做臉譜化的描寫，以嘲笑的態度進行敘述。批評者眼中的華威先生與創作者的初衷並不符合，出現了理解上的偏差，尤其對華威先生的政治態度的認識。周行就認為華威先生是「救亡飯桶」，與「一九二五──二七年大革命後一部分知識份子的轉向」有關，「現在，他們又為驚天動地的炮火叫醒了『睡著的良心』了。」因而應對「華威先生之類的人物盡情鞭韃，讓它原形畢露。」[13] 在這嚴厲的眼光背後顯露出批評者的政治覺悟，在有了大革命之後的轉向，華威先生之流也就失去了「我們中的一員」的資格，對異己者「盡情鞭韃」也就順理成章。

　　批評者自身的政治立場和政治趨向通過批評活動不斷改寫華威先生形象。這樣的情形也發生在茅盾身上。他指出華威先生是一個「舊時代的渣滓而尚不甘沉滓自安的腳色」[14]。從張天翼的「缺點」到茅盾的「渣滓」，這其間的變化一目了然。張天翼的「缺點」說把華威先生當作一面鏡子，他所有的缺點很可能在我們身上也存在著，他是我們中間的一員，同屬一個陣營；而茅盾的「渣滓」說，則有更多的厭惡和憎恨心理，無意識中把華威先生排除了「我們」的陣營，這也只能歸結為是茅盾的政治取向影響到了他的判斷。

---

[13]　周行：《關於「華威先生」出國及創作方向問題》，《張天翼研究資料》，中國社會科學出版社，1982 年。

[14]　茅盾：《八月的感想》，《新文學運動史料選》（第 4 冊），上海教育出版社，1979 年，第 65 頁。

如果說，30 年代末關於《華威先生》的批評存在著不同程度的誤讀，這種誤讀又是由批評者自身的現實政治趨向所造成，而出現了與作者的原意有所偏離的話；到了 50 年代，張天翼自己對《華威先生》的意義進行了重新解釋。1952 年，張天翼在《中國語文》上發表了一封公開信，對華威先生進行了重新界定：「華威先生是那時國民黨反動集團裡的傢夥。他們力圖打進一切群眾團體中去『領導』，以便一面探聽和監視；一面設法阻礙群眾運動。」既然如此，那麼就「絕不能教現在的學生拿『華威先生』這號人做『一面鏡子』來檢查自己的什麼『性格、作風和毛病』之類。」[15]由於眾所周知的政治氣氛的變化，社會環境不同了，張天翼對華威先生有了不同的闡釋。他作出解釋的原因就是「伊凡同志的信」，他在信裡把華威先生看作是反動的。雖然在這個時侯關於《華威先生》已經沒有大規模的批評文章和批評者，但「伊凡同志的意見」成了張天翼發表不同看法的契機。50 年代，新的政治體制剛剛建立，文學創作及其文學批評都需要為社會政治提供合法性的支撐，文學被納入國家意識形態，理所當然地肩負著這樣的責任和義務。批評者包括作家自己從現實的政治立場和社會氛圍考慮，修改自己的作品，或者是提出迎合新社會政治邏輯的意義闡釋，這完全是可以理解的。

因此，張天翼認為「伊凡同志的意見是對的」。華威先生從屬於自己陣營中帶有缺點的一員一下變為對立面的敵人，成為有意識地破壞抗戰的反動分子。社會意識就這樣不斷通過批評的介入而滲

---

[15] 《關於〈華威先生〉》，《張天翼研究資料》，中國社會科學出版社，1982 年，第 207 頁。

透作品，文學批評不是對作家作品說出了什麼，而是顯露了批評者的意圖和社會意識，社會權力借助文學批評而對文學創作和文學作家加以有效地控制和規範，社會意識成為衡量和裁定作品價值和形象意義的權力話語。作家作品的精神個性和藝術風格則常常被排斥和遮蓋。對作品意義的解釋使社會意識以批評為仲介不斷滲透進入文學，作品意義也被納入社會的規範，並最終在個人與社會、可說與被說之間達成某種妥協，並以這種「平衡」面目流傳於文學史，成為了人們認同的公共意義。對於那些出之於美學體驗和個人感受的文學批評，更讓我們保持深深的敬意，比如劉西渭、沈從文和李長之的文學批評。當然，他們的批評主要以審美感悟為基礎，有感而發，在一定程度上可以擺脫社會意識對批評的控制，但並不等於在他們的文學批評活動中就沒有社會意識的參與，沒有文學制度的隱形的潛在影響。

二、文學論爭與文學秩序

在 30 年代發生過一場重要的文學論爭，那就是「國防文學」與「民族革命戰爭的大眾文學」的論爭，文學史稱為「兩個口號」之爭。通常我們只要翻開現代文學史，就看見充滿著文學論爭的文學史例證。從五四時期的文言與白話、新文學與學衡派和甲寅派，「問題與主義」論爭，到 30 年代的「左聯」與新月派，與民族主義文藝，與「自由人」和「第三種人」的論爭，再到 40 年代的「暴露與諷刺」、「與抗戰無關論」和「真偽現實主義」等文學論爭。一部現代文學史成了一部文學論爭史，甚至可說是文學的「戰爭史」。出現這樣的結果，問題出在文學的敘述方式，還是文學的事實本

身？無論原因如何，文學在論爭中走向中心化，不斷吸引了社會的注意力。「兩個口號」之爭是其中的一次論爭，在事過境遷之後，我們從中能發現許多超乎文本和文學之外的意義。讓我們感興趣的是，它們為何而爭？在論爭的背後隱含著什麼樣的意圖？是理論的預謀？還是爭奪話語的權力？

回過頭來看兩個口號的論爭，論爭的發生有一個「期待視野」。無論是「國防文學」，還是「民族革命戰爭的大眾文學」，它們與現代文學史上的其他論爭一樣，都不是為了純粹的文學創作，或是基於創作而提出的文學理論。它們無一例外是社會形勢對文學的要求。著眼點不在文學，多是社會現實中的其他問題，因此，這也可以解釋「國防文學」為什麼只有囫圇的「反帝反封反漢奸」，這樣籠而統之的含義，說明它原本就是為了造成一種「文學勢力」，並服從現實，並不真正落實在文學的創造。同時，也相應可以解釋「民族革命戰爭的大眾文學」，雖然擁有民族救亡的價值目標，但它對文學自身問題的過於關注，如提出了「動的現實主義」和「大眾化」問題，反而減少了它的凝聚力和包容力。

因此，借用一句套話，論爭的發生有著歷史的必然性。現代文學有為了文學的地盤而發生「打架」的傳統。鄭振鐸曾經就「文言與白話」之爭，新文學提倡者們的心態做過這樣的評論，「他們『目桐城為謬種，選學為妖孽』。而所謂『桐城，選學』也者卻始終置之不理。因之，有許多見解他們便不能發揮盡致。舊文人們的反抗言論既然竟是寂寂無聞，他們便好象是盡在空中揮拳，不能不有寂寞之感。」[16]離開具體對象做批評和論爭，如在空中揮拳，既打不

---

[16] 鄭振鐸：《五四以來文學上的論爭》，《中國新文學大系·導論集》，上海書

著對方，也傷不到對方，但卻創造了不斷揮拳的姿勢。這就夠了。現在說起來，很有些讓人琢磨不透意味，但正是這種帶有表演性的文學論爭方式才打開了文學局面，如出現在新文學史上的那場著名的「雙簧戲」，是它造起了新文學的聲勢，擴大了新文學的影響。這樣，文學論爭作為一種擴大文學影響的方式和手段，得到了文學界的承認和推廣，並逐漸被蔓延開來，傳染和滲透進新文學肌體。每當一個文學思潮，一個文學社團和文學作家在誕生的時候，總想掀起一場場文學論爭。

「國防文學」的提出雖有贊同者，但並沒有產生意想的效果。他們有一種被冷落和忽視的憤懣，於是抱怨道：「我們的文壇雖在同一目標之下卻形成了兩種不同的傾向，一是那些提倡國防文學的人，另一是對國防文學抱冷淡態度，卻埋頭在從事寫作或者在作一些無謂的論爭的人。」[17]「國防文學問題一般青年作家都表示極熱心；但是有批作家——特別是資格較老的作家們——卻冷淡得很，漠不關心的樣子。」[18]「在我們的文壇上，早就有人提出統一戰線這正確的號召，然而提則提了，但直到現在，卻還看不到它應有的雄姿。這當然一部分是為著客觀殘酷的環境和主觀力量使然，但文壇上有人對這號召不能清楚地瞭解而採取了冷淡的態度來作為回應……」[19]。這些抱怨的聲音，雖然由不同的批評者發出來，但引

店 1982 年影印，第 61 頁。

[17] 周楞伽：《文學上的統一戰線問題》，《「兩個口號」論爭資料選編》（上），人民文學出版社，1982 年，第 168 頁。

[18] 何家槐等：《國防文學問題》，《「兩個口號」論爭資料選編》（上），人民文學出版社，1982 年，第 118 頁。

[19] 周楞伽：《文學上的統一戰線問題》，《「兩個口號」論爭資料選編》（上），人民文學出版社，1982 年，第 177 頁。

起他們抱怨的原因只有一個，那就是一部分作家對「國防文學」取「冷漠」或「冷淡」的態度。宣導者如同掉入荒野，「拳」揮開了，打著的卻是沉悶的空氣。於是，一位批評者在分析了「現在提倡國防文學的先生們有流入過去的標語口號化的傾向，而另一些切實從事寫作的先生們呢，卻是很看不起這傾向的。當然不免要站在一旁冷視，這冷視對於充滿了熱情宣導國防文學的先生們難免引起一種反感」，在這樣的情勢之下，他給出了一個近於預言的結論：「從這裡，應該展開一個論爭……」[20]。

於是，「論爭」是被期待的結果。就國防文學宣導者而言，只有論爭才能讓人「清楚地瞭解」他們的口號，才可以改變受漠視的尷尬局面。論爭就被預設，無論是誰再提出一個口號，無論口號的意義如何，有何指謂？都會掉入國防文學宣導者們的「期待視野」。他們正在等候和尋找對手和靶子的出現，張弓以待，等著獵物的出現，見誰就滅誰。論爭可以使國防文學在文學界乃至社會上產生反響，改變受冷落、被忽視的困境。

當胡風等人一提出「民族革命戰爭的大眾文學」口號，立即就引起了「國防文學」的批評，從而演變為文學史上的「兩個口號」之爭。儘管胡風在《人民大眾向文學要求什麼？》一文中並沒有提及「國防文學」，他的本意就是針對國防文學而提出的，但還不想直接發生衝突。國防文學宣導者則對它進行了批駁，對胡風的冷漠也大為不滿，認為他「不該對已經擺在大家目前的『國防文學』置之不理，這種『冷淡』的態度對敵人亦不應如此，對於同道者更是

---

[20] 周楞伽：《文學上的統一戰線問題》，《「兩個口號」論爭資料選編》（上），人民文學出版社，1982 年，第 170 頁。

最刻薄的！」[21]徐懋庸更是憤怒地質問：「胡風先生是注意口號，自己提出著口號的人，那麼為什麼對於已有的號召同一運動的口號，不予批評，甚至隻字不提呢？『國防文學』這口號，在胡風先生看來，是不是正確的呢？倘是正確的，為什麼胡風先生要另提新口號呢？倘若胡風先生以為確有另提新口號的必要，那麼定然因為『國防文學』這口號有點缺點，胡風先生就應該予以批評。」[22]他反復申述的幾個假設，幾個「應該」，起因於受不了胡風「隻字不提」國防文學的冷漠。正是這種漠視，加劇了他們「一定要爭」並且要爭贏的念頭，以至於給胡風還扣上一頂「分化整個新文藝路線」的大帽子。為了擴大國防文學的影響，他們採取了將另一口號納入自己話語系統的策略，以圖引起更大的論爭。關於這一點，胡風也是非常清醒的，「事實上，我的有些挑戰者們，確實是只想用我的應戰去襯出他們的英雄面貌的。」[23]可見，他當時就看出了國防文學提倡者們欲擒故縱的策略。論爭的結果則是一個無法考證的推測：「據說文藝上的口號問題，已經告一段落；『國防文學』已經被大眾普遍地理解。」[24]這樣，論爭已經達到了國防文學宣導者們的預期目的，通過論爭改變了被「冷淡」局面，並佔有了理論的主導權。因此，可以說「兩個口號」的論爭不過是國防文學的一種策略而已。

---

[21] 蘇林：《關於「國防文學」與「民族革命戰爭的大眾文學」》，《「兩個口號」論爭資料選編》（上），人民文學出版社，1982 年，第 492 頁。

[22] 徐懋庸：《「人民大眾向文學要求什麼？」》，《「兩個口號」論爭資料選編》（上），人民文學出版社，1982 年，第 277 頁。

[23] 《胡風全集》（第 2 卷），湖北人民出版社，1999 年，第 348 頁。

[24] 楊晉豪：《〈現階段的中國文藝問題〉後記》，《「兩個口號」論爭資料選編》（下），人民文學出版社 1982 年，第 1045 頁。

其實，國防文學對於論爭的期待，也是為了統一文壇。他們在抱怨倍受冷落之時，將文學界劃為楚河漢界。還在國防文學宣導的初期，他們就以權威姿態宣告：「從今以後，文藝界的各種複雜派別都要消失了，剩下的至多只有兩派：一派是國防文藝，一派是漢奸文藝。從今以後，文藝界上的各種繁多的問題，有了一種裁判的法律了，那就是國防文藝的標準。」[25]將文藝界一切現象都納入國防文學的話語系統，其爭中心、爭理論主導權的意圖顯露無遺。在徐懋庸提倡國防文學的《中國文藝之前途》裡，茅盾敏銳地感覺到他的中心意思是「中國的前途無論是滅亡，是抗戰，是現狀似的下去，中國的文藝都不免於衰亡。而要使文藝繼續存在，就只有建立國防文藝運動，國防文藝『就是今後中國文藝所要完成的使命』。這實際是說：你不贊成『國防文學』，你就要擔當使中國文藝衰亡的責任，這就很有點『霸氣』。」[26]茅盾所感受到的「霸氣」實際上就是話語霸權，它預設的理論邏輯有些居心險惡，三段論的推理使人啞然一笑。

我們注意到兩個口號的內涵自始至終都是比較明晰的，有歧義的是口號的外延——即適用範圍。「民族革命戰爭的大眾文學」這一口號，最初的企圖是代替「國防文學」，到後來「大概是一個總的口號罷」，到最後成為僅是對左翼前進作家所提出的口號——它的外延在不斷縮小。而國防文學幾乎沒有變。顯然，有明晰概念的兩個口號之爭，問題並不出在概念上。論爭重心已不在概念的闡發

---

25 力生：《文藝界的統一國防戰線》，《「兩個口號」論爭資料選編》（上），人民文學出版社 1982 年，第 82-83 頁。

26 茅盾：《「左聯」的解散和兩個口號的論爭——回憶錄（十九）》，《新文學史料》，1983 年第 2 期，第 7 頁。

上，而在於盡可能劃定概念外延所能達到的最大「勢力範圍」。文學論爭成了爭「勢力」、爭「中心」。如林淙所言，這場論爭「不是爭正統或註冊權的問題，而是新文學的規範的問題」[27]。真乃一針見血之見！所謂新文學的「規範」，就是文學秩序與制度的建立，文學標準的設定，不容許繁多蕪雜的文學的生長，擾亂文學的秩序。它常以宏大、權威的話語出現，將個人話語排斥或整合進自己的話語系統。這種對文學規範的訴求，早在新文學之初期就已露端倪，並不斷持續、發展下來，成為了一項新文學的內在機制，一種文學制度。新文學的生長空間並不顯得是多麼開闊自由，舊文學的「無物之陣」，新文學的派別之爭，都消耗了作家太多的文學精力，浪費了時間，使他們難以專心於文學創作，不得不走一步看一步，常常需要應付不必要的文學事件。新文學有文學論爭的喧囂，有文學批評的設計和滿足，但卻少了些沉靜和厚實。

文學論爭機制的建立不完全是文學的事，社會現實的壓力，舊文學的潛滋暗長，使新文學不得不時時提防外界的圍攻和內部的紅杏出牆。文學被作為社會的工具，與社會現實步調一致，獲得了強大的現實力量。一個個文學論爭，最終通向了文學秩序的建立，社會欲望被內化於文學，在看似不經意間確定下了穩定的文學機制。

事實上，爭奪理論主導權的最終目的還是為了「新文學的規範的問題」——即規範新文學。既然要樹立文學的規範，只限於口號論爭還遠遠不夠。規範需要從理論到創作到批評都有一套具體方案。因此，當國防文學的贊同者呼喚國防文學作品和批評的時候，固然不排除拿出貨色給對方看的心理，在很大層面上還是為了樹立

---

[27] 林淙編選：《現階段的文學論戰》，第 2-3 頁，光明書局，1936 年 10 月。

「話語優先權」：管它合適不合適，先將理論運用於實踐，樹立文學「典範」，佔有話語領地再往後說。創作與理論是否適合已變得次要了。於是，我們看見了國防文學論者把《賽金花》作為了典範文本加以宣傳和張揚，他們還說出了這樣的「大」話，「我們毫不否認的，這劇作是在中國提出建立『國防戲劇』的口號後，第一次收穫到的偉大的劇作」[28]，類似的說法還有「這個劇本我們認為是在『國防戲劇』被提出後，第一次收穫到一個很成功的作品」[29]，「作為國境以內的國防文學看，這劇會有很大的效果」[30]。且不論這樣的評價是否與劇作相符，在樹立文學「典範」過程中流露出的急迫心理給人以慌不擇路、饑不擇食的感覺，以至於劇作者夏衍也不得不親自站出來發表如下的聲明：「關於劇本，我覺得有點惶汗，大概是大家期待國防戲劇太切的原故吧，許多人就加上了這樣一個名字，實在，我只打算畫一張『漢奸群像』的漫畫罷了。用國防戲劇的尺度來看，這是會失望的。」[31]這很有些喜劇性味道，頒獎給夏衍，他還不領這個情。

樹立文學的「規範」，僅有作品還顯然不夠，於是，用國防文學尺度去批評其他作品更能顯示國防文學理論的威力。早在國防文學的宣導階段，周木齋就曾把傳統小說《水滸》說成是國防文學。

---

[28] 鄭伯奇：《賽金花的再批評》，《「兩個口號」論爭資料選編》（下），人民文學出版社，1982 年，第 648-649 頁。

[29] 鄭伯奇：《賽金花的再批評》，《「兩個口號」論爭資料選編》（下），人民文學出版社，1982 年，第 648-649 頁。

[30] 《〈賽金花〉評》，《「兩個口號」論爭資料選編》（下），人民文學出版社，1982 年，第 999 頁。

[31] 夏衍：《劇作者言》，《「兩個口號」論爭資料選編》（下），人民文學出版社，1982 年，第 988 頁。

周立波在評論 1936 年小說創作時，也以國防文學為批評尺度，認為：「一九三六年發生了國防文學的空前盛大的論爭，卻同時又有著創作上的這麼精力豐富的活動。而影響力最大的作品，往往是國防文學的作品，國防的題材，在今年有著巨大的優越性……」[32]這樣，從理論到創作再到文學批評，國防文學建立了自己嚴密的話語系統，文學理論與文學制度結成一對孿生姊妹，新文學的規範就這樣一個一個地建立起來。

如果就事論事，兩個口號中的「民族革命戰爭的大眾文學」似乎更有合理性。在「民族」、「革命」和「大眾」三個關鍵字裡，它既繼承了五四新文學的發展方向，又指向了現實和未來，有意義和表達的準確和明晰。「國防文學」有更多的包容性，顯示出文學與時代的結盟，相對忽略了新文學傳統的意義。並且，前者包含了創作手法等文學問題，而後者僅有籠統的反帝反封反漢奸，不能見出文學的特性來。從兩個口號論爭的結果看，一方面，國防文學最終獲得了優勢，中國文藝家協會的會員遠遠多於中國文學工作者協會的會員，文藝家協會共有會員 111 人，包括新文學宿將朱自清，注重文學特殊性和審美性的李健吾、邵洵美、謝冰心和蘆焚等人；而中國文藝工作者協會只有 63 名會員。還要考慮這樣一個事實，即馮雪峰曾提議的「我們還可以動員更多的人兩邊都加入」[33]。從會員名單看，兩邊都加入的只有寥寥幾個人。可見，當時「國防文學」口號對作家更有號召力。在論爭過程中，有許多作家發表文章參與

---

[32] 周立波：《一九三六年的小說創作——豐饒的一年間》，《「兩個口號」論爭資料選編》（下），人民文學出版社，1982 年，第 1028 頁。

[33] 胡風：《回憶參加左聯前後》（四），《新文學史料》，1985 年第 1 期，第 51 頁。

論爭，表示贊同國防文學。這不得不使人驚奇。如前所述，國防文學不及民族革命戰爭的大眾文學這一概念有文學性，不注重文學自身特點。然而它卻成為了文學主流，並獲得了話語優勢，民族革命戰爭的大眾文學則逐漸退守，最後把自己劃定為僅僅是對左翼前進作家的號召。因此，我們可以看到，即使從事具體文學創作的作家也更為重視文學的工具和武器作用，重視文學的社會效果，說明他們對社會關注的程度遠遠大於文學。另一方面，急於樹立新文學規範的國防文學在獲勝之後，卻並沒有致力於文學的真正建設。胡風批評他們，「中國文藝家協會『成立』了，『少壯派』大多數被關在門外，文藝界的統一戰線再也不會發生任何問題了。休息到十月十四日，四個月之久都平靜無事，可見這個統一戰線完全『鞏固』了。於是，這個協會的常務理事召集人茅盾就帶著幾箱子書回到安靜的家鄉去，著手長期寫辛亥革命的長篇小說，連書名都有了，叫做《先驅者》。」[34]徐懋庸也夫子自道：「譬如『文藝家協會』罷，雖然我是一個會員，後來也被選為理事，卻盡力甚少。發起人並不是我邀集的，章程並不是我起草的，成立以前我既然沒有決定一件事，自從當了理事之後，又因兩次離滬，只參與過首次理事會，至今絲毫沒有做過什麼事情，這樣的跡近怠工……」[35]。

以國防文學為號召的文藝家協會成立後卻並沒有多少文學動作，這似乎讓人費解的事，一點不難理解，論爭了大半天，目的是讓對方退出爭論，形成獨霸天下的局面。現在目的已經達到了，也就萬

---

[34] 茅盾：《「左聯」的解散和兩個口號的論爭──回憶錄（十九）》，《新文學史料》，1983 年第 2 期，第 9 頁。

[35] 徐懋庸：《還答魯迅先生》，《徐懋庸選集》（第二卷），四川人民出版社，1984年，第 119 頁。

事大吉，收兵回朝。這讓我們常常看見這樣一種情況，文學規範被建立起來，但文學生命並沒有得到快速生長，出現奄奄一息的局面。反而是那些沒有參加文學論爭孜孜矻矻於文學創作，取得了豐碩的文學成就。它從一個側面也說明文學論爭是為了建立文學規範，而不是為了文學創作的豐富，如同布迪厄（Pierre Bourdieu）所說：「文學競爭的中心焦點是文學合法性的壟斷，也就是權威話語的權力的壟斷，包括說誰被允許自稱『作家』等，甚或說誰是作家和誰有權利誰是作家；或者隨便怎麼說，就是生產者或產品的許可權的壟斷。」[36]文學論爭是為了實現對文學的壟斷，這聽起來未免有些殘酷，但最終的發展結果確實是如此。當然，那時的國防文學還沒有發展到壟斷文學的地步，也沒有達到可以任意說誰誰是或不是作家的地步，但它可以作品發放許可證，包括對毫不沾邊的《水滸傳》和《賽金花》。

三、文學批評家與作家作品

　　現代文學批評史上的茅盾是一道風景，他的批評與魯迅的創作具有同樣的示範性和指導性意義。所以，當我們在討論了文學論爭和文學批評如何參與作品和理論的規範的時候，還必須落實到一個批評家身上，看看他是如何以文學批評方式介入文學秩序的？茅盾是一個合適的例證，因為他的批評影響深遠，對現代文學某些方面的生長也大有關係。如果沒有茅盾對作家作品的批評，沒有茅盾對現實主義的宣導和貫徹，中國現代文學還會是這樣的嗎？現實主義成為文學主潮，這與茅盾有關。沒有他的批評，一些作家要成為文

---

[36] 布迪厄：《藝術的法則》，中央編譯出版社，2001年，第271頁。

學史上重要的一員，也是難以想像的，至少他們的文學面目會發生一定的改變。直言之，茅盾的文學批評影響了現代文學的主潮形成和文學作家的生長，他對確立現代文學新秩序有過獨特的貢獻。

茅盾在從事文學批評之前，他把批評稱之為「批評主義」，批評成為「主義」，就演變為一種文學思潮，甚至是一種意識形態。他認為：「西洋文藝之興蓋與文學上之批評主義（Criticism）相輔而進；批評主義在文藝上有極大之威權，能左右一時代之文藝思想。新進文學家初發表其創作，老批評家持批評主義相繩，初無絲毫之容情，一言之毀譽，輿論翕然從之；如是，故能相激勵而至於至善。我國素無所謂批評主義，月旦既無不易之標準，故好惡多成於一人之私見；『必先有批評家，然後有真文學家』此亦為同人堅信之一端……」[37]給予茅盾立論依據的是西方文學批評，於是他把批評的地位看得很高、很重，乃至將批評家置於文學家之先，對批評的作用也不無誇大，「能左右一時代之文藝思想」，起文學規範作用；對「新進文學家」可以產生「一言之毀譽，輿論翕然從之」的效果。批評猶如「魔法」，讓文學投在它的石榴裙下。在其他地方，茅盾也表達過相似的意思，「……文學批評的責任不但對於『被批評者』要負責任，而且也要對於全社會負責任了。換句話說：不但對於批評的某某作品不能有誤會，而且要含著指導創作家，針砭當時智識界的意思。所以文學批評者不但要對於文學有徹底的研究，廣博的知識，還須瞭解時代思潮。」[38]這主要是批評者說的，文學

---

[37] 茅盾：《〈小說月報〉改革宣言》，《茅盾全集》（18），人民文學出版社，1984年，第 57 頁。

[38] 茅盾：《文學批評的效力》，《茅盾全集》（18），人民文學出版社，1984年，第 125 頁。

批評的作用和範圍進一步擴大，由「左右一時代之文藝思想」演變為「對於全社會負責任」。批評者也需要有廣博的知識，既瞭解文學思潮，又對文學有徹底的研究。

茅盾明確提出過對作家（特別是新進作家）作品的批評是批評的兩大任務之一。他自己身體力行，批評、扶植了一大批新進作家。田仲濟曾回憶說：「吳組緗教授，現在是被許多外國的中國現代文學史研究者注意的小說家，他曾親自對我說過，他的短篇小說在《文學》上刊出，所以一時引起人們的注意，是由於茅盾同志的評論。那時，一經茅盾同志推薦，真有『聲價十倍』的樣子。不少的青年作者就是這樣成名的。」[39]吳組緗得到了茅盾的提攜，臧克家對茅盾的獎掖也充滿了感激，「我這個一九三三年登上文壇的『青年詩人』，是由於他的獎掖」，「《烙印》自印版剛出書不久，茅盾先生，老舍先生，在當時影響很大的《文學》月刊同一期上，發表了兩篇評介文章，使我這個默默無聞的文藝學徒，一下子登上了文藝龍門。」不僅如此，對「『五四』以來老作家、中年作家、青年作家的作品，他都作出過評論，發生了很大的影響，成為定論。」[40]茅盾的文學批評產生了「權威性」力量，它幫助了文學作家的成長和成熟，有「一言之毀譽，輿論翕然從之」的功效。他所扶植的青年作家，大都與他主張現實主義相吻合。並且，被茅盾所批評和獎掖過的青年作家，日後都在新文學文壇上佔有相當重要的地位，如丁玲、蕭紅等，他們的創作走向及其社會地位與茅盾的批評都有關係。

---

[39] 田仲濟：《巨星的隕落——悼茅盾同志》，《憶茅公》，文化藝術出版社，1982年，第258頁。

[40] 臧克家：《往事憶來多》，《憶茅公》，文化藝術出版社，1982年，第91頁。

茅盾的批評還直接帶來文學創作的轉向。沙汀曾回憶在他剛剛開始學習寫作的時侯，「時間是一九三一年夏天。完全出乎意外，我也決心把文藝當作我的終身事業幹了，於是我寄了三篇小說給《文學月報》，半月以後，編者答應把《碼頭上》一篇先刊出來，而且給我看了一方土紙上茅盾先生隨意寫下的幾句評語。大意是說，東西還寫得可以，只是他不怎樣喜歡那種印象式的寫法。……不久，我的第一個短篇集出版了。當年的文藝年鑒選了一篇，大家揄揚，若干相識的朋友也非常稱讚我，然而，不到一年，也許我在周圍響著的喝彩聲中逐漸地清醒了，我忽然得到一個反省：茅盾先生說他不喜歡我的印象式的寫法，為什麼一般人反說它正是我的特點，如何的新，如何的了不得呢？接著，我更考慮到創作上若干基本問題，於是我喪氣了，覺得自己該重新來過。而《老人》、《丁跛公》這幾篇東西，正是我改換作風的起點……」[41]沙汀開始並沒有感到自己創作中的毛病，是茅盾與「一般人」不同的批評，促使他在以後的創作中更多「考慮到創作上若干問題」，做了自我調整，才形成了沙汀獨特的創作風格。由此可見，茅盾的文學批評所具有的權威性力量，它對作家創作的影響是非常具體而深遠的，文學批評改變了作家的創作風格和方法，也可以說是文學批評規範了文學創作。

現實主義是現代文學中一個非常重要的概念。現實主義理論在中國的傳播與發展，茅盾的文學批評起到了相當重要的作用，從開始他對「文學上的自然主義與寫實主義實為一物」[42]的認識，「法

---

41 沙汀：《感謝》，《沙汀文集》（第七卷），上海文藝出版社，1992 年，第63 頁。
42 茅盾：《自然主義的懷疑與解答》《小說月報》第 13 卷第 6 號。

國的福樓拜、左拉等人和德國的霍普特曼，西班牙的柴瑪薩斯，義大利的塞拉哇，俄國的契訶夫，英國的華滋華斯，美國的德萊塞等人，究竟還是可以拉在一起的。請他們同住在『自然主義』──或者稱它是寫實主義也可以，但只能有一，不能同時有二──的大廳裡，我想他們未必竟不高興罷。」[43]到現實主義成為新文學之主潮，茅盾都盡心盡力地為之努力。現實主義的合理性與合法性意義的確立，都與茅盾分不開。

以茅盾主編《小說月報》為界，前後主張有很大的差別。在主編《小說月報》之前，對創作手法，他持一種開放而寬容的眼光。雖然他主張「儘量把寫實派自然派的文藝先行介紹」[44]，「中國現在要介紹新派小說，應該從寫實派、自然派介紹起」[45]，同時他也介紹其他文學思潮。如《我們現在可以提倡表現主義的文學麼》，他的回答是「極該提倡」。對自然主義也並不十分看重，「能幫助新思潮的文學該是新浪漫的文學，能引我們到真確人生觀的文學該是新浪漫的文學，不是自然主義的文學，所以今後的新文學運動該是新浪漫主義的文學。」[46]「新浪漫主義之對於寫實主義則不然，非反動而為進化。」[47]即使在《小說月報改革宣言》裡，他也主張「寫

---

[43] 茅盾：《「左拉主義」的危險性》，《時事新報・文學旬刊》第 50 期，1922年 9 月 21 日。

[44] 茅盾：《我對於介紹西洋文學的意見》，《時事新報・學燈》，1920 年 1月 1 日。

[45] 茅盾：《「小說新潮」欄宣言》，《茅盾全集》(18)，人民文學出版社，1984年，第 13 頁。

[46] 茅盾：《為新文學研究者進一解》，《茅盾全集》(18)，人民文學出版社，1984年，第 44 頁。

[47] 茅盾：《〈歐美新文學最近之趨勢〉書後》，《茅盾全集》(18)，人民文學出版社，1984 年，第 48 頁。

實主義在今日尚有介紹之必要；而同時非寫實的文學亦應充其量輸入」。可見當時的茅盾雖然看重文學對現實社會的功利作用，但還沒有拿自然主義和現實主義一統天下的心思，其他藝術流派也有生長的可能。在主編《小說月報》之後，由於禮拜六、黑幕小說的影響勢力，為了使文學遠離「遊戲」，客觀上要求有一種與「遊戲」觀相對立的文學主張的出現，抵消或取代鴛鴦蝴蝶派文學的影響。相對說來，唯美主義、浪漫主義等文學思潮容易流入個人趣味，難以對文學「遊戲」觀念起到振聾發聵的抑制和抵抗作用。本著「矯枉必過正」的想法，自然主義的出現適得其時，成為了與禮拜六做鬥爭的工具，對其他藝術流派也貶斥抹殺，有自然主義「統一文壇」之勢。當時的《小說月報》讀者就曾尖銳地指出：「先生們所提倡的寫實主義，我以為這是改革中國文學的矯枉必過正的過度時代的手段——必需的而又是暫時的手段——卻不能永是這樣。並且寫實主義的提倡，是給中國蹈空的濫調的舊文學界以一種極猛烈的激烈和反動，是破壞舊文學的手段；至於新文學的建設，卻不可使文學界以一種情形的發展，凡有文學價值的作品（不論屬於那一種主義的）都應該扶養他，培植他，而不能以他非寫實主義，就一概抹殺——這是有感而說的。」[48]真乃在理之言，也可見當時自然主義對非寫實主義文學造成大量抹殺的局面。有意思的是，一般情況下，茅盾對讀者的疑問有問必答，或表示贊同或表示反駁。這一次則是例外，他沒有對上述意見發表自己的看法，也許是不加反駁而又不便公開承認的緣故。自然主義作為針對「遊戲」觀念而使用的鬥爭工具，這決定了它只是一個「權益之計」，在完成歷史使命之後，

---

[48] 王晉鑫：《通信》，《小說月報》第 13 卷第 4 號。

便應容納其他藝術主義。之所以對「其他非寫實主義一概抹殺」，其中也有規範新文學的企圖。實際上，對現實主義的提倡並非是茅盾依據文學現狀和發展情況而提出，他的解釋是：「老實說，中國現在提倡自然主義，還嫌早一些；照一般情形看來，中國現在還須得經過小小的浪漫主義的浪頭，方配提倡自然主義……」[49]按照他的理解，西方文學思潮有「浪漫主義──自然主義──現實主義──新浪漫主義」的發展階段，每一個文學思潮相繼出現，步步而行，自然主義之後就該是現實主義了。

茅盾還把周作人的創作看作是他的自然主義的理論支撐，也許是為了解除人們對於自然主義所引發的悲觀和絕望，他回答說：「……我於此亦常懷疑，幾乎不敢自信。周啟明先生去年秋給我一信，曾說『專在人間看出獸性來的自然派，中國人看了，容易受病』，但周先生亦贊成以自然主義的技術藥中國現代創作界的毛病。」[50]以周作人在文壇上具有的地位，他出來贊同自然主義，自然主義的權威性也就建立起來。

茅盾以自然主義和現實主義為尺度，開展對文學的批評。在《春季創作壇漫評》中，他這樣評價自己讚賞的陳大悲：「他對於私產制的攻擊用自然主義表現出來，不說一句『宣傳』式的話，實是不容易企及的手段」，「總之，《幽蘭女士》總算得是成功的劇本了……大悲君雖然自己很謙抑，說不配講什麼主義，然而依我看來，這篇已經很可以算得是自然主義的劇本了。」[51]自然主義作為了評價作

---

[49] 《小說月報》第 13 卷第 4 號。
[50] 茅盾：《自然主義的懷疑與解答》，《小說月報》第 13 卷第 6 號。
[51] 茅盾：《春季創作壇漫評》，《茅盾全集》（18），人民文學出版社，1984 年，第 84 頁。

品優劣的尺度，在尺度之下，作品雖然是「為人生」，反映了社會現實，但如果不符合自然主義，也會受到他的批評。他坦言：「但我倒並沒有因為這三月中的戀愛小說太多，而存了『我殊厭聞之矣』的念頭，我承認凡是忠實表現人生的作品，總是有價值的，是需要的。我對於現今的戀愛小說不滿意的理由卻因為這些戀愛小說也都不是自然主義的文學作品。」[52]自然主義和現實主義成了文學批評的尺度。

---

[52] 茅盾：《評四、五、六月的創作》，《茅盾全集》（18），人民文學出版社，1984年，第 146 頁。

第六章

文學媒介與傳播制度

一、報刊與中國現代文學

　　報刊的出現，是中國社會和文化走向近代化的標誌。這裡的「報刊」就是報紙和雜誌，它們是現代文學的主要傳播方式和管道。人類的傳播方式有自我傳播、人際傳播、組織傳播和大眾傳播，傳統文學的傳播方式主要依靠作者的手抄和手工刻版印刷，現代文學則以大眾媒介作為傳播方式，報刊的出現改變了文學傳播手段。它的傳播時效快，信息量大，影響面廣，有平民化和大眾化的特點。現代文學是報刊文學，文學報刊承擔著發表、組織和引導文學的生產和傳播，文學期刊既是文學傳播的載體，也是文學與社會最直接的聯繫方式，文學成為一種書籍和讀物，文學觀念和形式也借助於報刊而得到社會的廣泛承認。文學期刊直接影響或控制文學內容、題材和風格，文學期刊編制和製造了文學思潮的「時代性」和「社會性」。本雅明認為：「日常的文學生活是以期刊為中心開展的」[1]，趙家璧先生也認為：「任何一位作家的作品，最

---

[1] 本雅明：《發達資本主義時代的抒情詩人》，三聯書店 1992 年，第 44 頁。

早總是通過報紙或文學期刊（主要是後者）向社會公開露面的」[2]，「三十年代文藝理論問題上的重大論爭，都是把各自一方的刊物作為戰場的。現代文學史就是通過現代文學期刊，展現了它最原始、最真實、最生動的面貌的。」[3]文學雜誌實際上就是文學的生存方式和作家的生存狀態。媒介形成文學市場，推動作家職業化，促使文學讀者的大眾化。所以說，報刊媒介對文學產生了重要影響，形成了文學的傳播機制。

據統計，從 1922 年到 1925 年，「先後成立的文學社團及刊物，不下一百餘」[4]，從 1919 到 1927 年全國出版有雜誌 633 種[5]，從晚清到 1949 年出版的文學期刊，有明確的創刊日期的有 988 種，沒有明確創刊日期的有 99 種[6]。就有明確創刊日期的 988 種文學期刊分析，1872 年到 1901 年有 5 種，1902 年到 1916 年有 57 種，1917 年到 1927 年有 144 種，1928 年到 1937 年有 418 種，從 1938年到 1949 年有 364 種。其中有「雜誌年」之稱的 1934 年就有 47種。在 988 種刊物中，創刊於的上海有 455 種，創刊於北京的有106 種。

---

[2]　趙家璧：《現代文學期刊漫話·序》，《現代文學期刊漫話》，花城出版社，1986 年，第 1 頁。

[3]　趙家璧：《現代文學期刊漫話·序》，《現代文學期刊漫話》，花城出版社，1986 年，第 2 頁。

[4]　茅盾：《現代小說導論》，《中國新文學大系導論集》，上海書店，1982 年，第 88 頁。

[5]　靜：《1919-1927 全國雜誌目錄》，張靜廬：《中國現代出版史料》甲編，中華書局 1954 年，第 86-106 頁。

[6]　魯深：《晚清以來文學期刊目錄簡編》（初稿），張靜廬：《中國現代出版史料》丁編（上、下），中華書局 1959 年，第 510-580 頁。

創辦文學刊物是新文學立足和發展的重要手段，出現了「期刊熱」和「期刊年」，它「在發展中國群眾輿論和培養新知識份子定型方面，是一種劃時代的現象」[7]。從 1917 到 1921 年的 5 年間，全國就新出報刊 1000 種以上[8]。1934 年被稱為「雜誌年」，有資料表明，1933 年上海共出版了雜誌至少 215 種，按門類劃分，人文科學 102 種，文學藝術 40 種，應用技術 32 種，普通雜誌 38 種，自然科學 3 種。從版本看，通常是 16 開本或 32 開本，也有個別獨標一格的 8 開本。從份量上看，幾種主要刊物如《申報月刊》、《現代》、《文學》等為 16 開本，每期在百頁以上，裝訂最厚的《讀書雜誌》，達 700 頁。雜誌內容豐富多彩，定期出版，受到了讀者的喜愛和歡迎。在上海還出現了專營雜誌的書店——上海雜誌公司，常常在一個月內就有近千種雜誌，每天平均出版 20-30 種，形成了一個「雜誌市場」[9]。30 年代上海的雜誌雖然多，但純文藝刊物卻並不多，當時的雜誌多帶有商業和娛樂性質，社會讀者多，但層次並不高。沈從文對此有過評價，他認為：「讀者多，若無一個健全目的，便等於出版人與讀者合作，在那裡消耗外國紙張銅板那麼一件事了。」[10]他很有些悲觀了。在一定程度上，正是報刊雜誌把文學的「現代」和「時尚」生產出來，為觀念的「流行」推波助瀾，促進了文字的社會化和大眾化審美價值選擇。

7　周策縱：《五四運動史》，嶽麓書社，1999 年，第 263 頁。
8　周策縱：《五四運動史》，嶽麓書社，1999 年，第 261 頁
9　曠新年：《一九二八年的文學生產》，《讀書》1997 年第 9 期。
10　沈從文：《談談上海的刊物》，《沈從文文集》第 12 卷，花城出版社，1992 年，第 175 頁。

眾所周知，20 年代的文學雜誌帶有更多的同人和學院性質，30 年代則轉向商業操作。文學期刊的生存壓力更大，面臨著一個相互競爭的文化環境。一般的社會讀者接觸報刊的機會非常有限，無論是經濟條件，還是地理條件，或者是報刊意識，都不便利和強烈。這對報刊雜誌的生存顯然是大為不利。期刊的商業化，促使辦刊人及其作者群和讀者群都會相應作出調整。就文學而論，五四時期的文學寫作多來自作家內在體驗的抒發，有一種生命的激情需要表達，需要流露，如創造社的「本著自我的情緒」。30 年代的文學寫作則與社會需要有著更為緊密的聯繫。文學寫作並不完全來自個人精神和靈魂的呼叫，它常是被雜誌和報刊組織起來的文化生產，帶有鮮明的社會性質，為閱讀和消費而寫作的觀念已經深深地進入文學意識。文學報刊參與文學思潮的形成和文學理論的設計。報刊的發行與經濟利益始終是相聯繫的。為了讓刊物生存下去，並獲得更大的經濟利益，刊物編輯自然會更重視文學讀者，想方設法提高刊物品質，促使文學市場的形成。

　　報刊形成了一種文學的競爭制度，有利於文學的發展。沈從文認為：「報紙分佈面積廣，二三年中當可形成一種特別良好空氣，有助於現代知識的流注廣布，人民自信自尊新的生長，國際關係的認識……這一切都必然因之而加強。在文學方面，則更有助於新作家的培養，與文學上自由競爭傳統制度的繼續。這個制度在過去，已有過良好貢獻。」[11]但是，報刊雜誌一旦創辦出來，也就有了自己的運行規律和機制。茅盾就有過一句著名的感歎，「開始『人辦

---

[11] 沈從文：《新廢郵存底·22》，《沈從文文集》第 12 卷，花城出版社，1992年，第 65 頁。

雜誌』的時候，各種計畫、建議都很美妙，等到真正辦起來了，就變成了『雜誌辦人』。」[12]「雜誌辦人」說明文學報刊擁有自己的傳播原則和運行機制，它並不一定受制於作家和編輯的完全控制。「人辦雜誌的時候是有話要說，雜誌辦人的時候是沒有話也得勉強說」，這包括「不准說」、「難說」、「不知從哪兒說」、「沒工夫說」的一些話[13]。梁實秋也在回憶中說到自己編輯《新月》雜誌的時候，所有過的相同經驗和體會，「辦雜誌是稀鬆平常的事。哪個喜歡搖搖筆幹的人不想辦個雜誌？起初是人辦雜誌，後來是雜誌辦人，其中甘苦誰都曉得。」[14]在創辦刊物時，編輯常有自己擬定的一套文學辦刊宗旨和原則，一旦雜誌被創辦起來，就由不得幾個編輯了，雜誌不是一塊布，任你裁成什麼樣就是什麼樣，它是一個舞臺，一旦搭建起來，唱戲的人就是作家和觀眾了。刊物需要融入了社會，適應社會市場變化，於是，刊物就有了自己的「路數」。

文學刊物對文學觀念和形式都影響很大。報刊成為文學的第一載體，作家創作文學作品一般都會首先想到在報刊上發表，再交由出版社公開出版。文學公共化也導致了對文學私人文體的排斥，使得文學「創作」成為現代文學的核心概念。因報刊而建立了文學的稿酬制度，也推動了作家的社會化和職業化。因報刊而形成報章文學和文化工業，謝六逸引用日本千葉龜雄的說法，認為：「Journalism，是由於造紙工業與印刷技術的進步，始有可能性的文字工業、新聞、雜誌的生產方式，與近代工廠裡的生產方式，並

---

[12] 茅盾：《我走過的道路》（中），人民文學出版社，1984 年，第 199-200 頁。
[13] 茅盾：《雜誌辦人》，《茅盾文藝雜論集》上集，上海文藝出版社，1981 年，第 376-377 頁。
[14] 梁實秋：《梁實秋自傳》，江蘇文藝出版社，1996 年，第 141 頁。

無什麼差異。將『紙』跟『文稿』當作原料買進，再將它做成『雜誌』或『新聞』一類的製造品，多量地生產，販賣於市場（也就是讀者），這和衛生衣、火柴的生產一點也沒有差別。就是說，Journalism 是一種企業，不同處就是它有『每日』、『每週』或『每月』的一定的標準形式在那裡製造內容各異的東西，不斷地生產。」，謝六逸把據上面這段話概述為：「（一）Journalism 是一種企業，且是一種現代的文字工業；（二）它能代表某種社會的狀態及其動向；（三）它的領域擴張到社會的全部；（四）為適合需要者的要求起見，在它的領域以內的，一切都通俗化了。」[15]Journalism可翻譯為「新聞事業」、「新聞學」、「雜誌經營」和「報章文學」，報刊是一種工業、一種社會輿論、一種通俗文體。現代小說是現代報刊的產物。小說在現代之所以成為主流文體，它與現代傳媒有著極深的聯繫。雜文也是現代報刊的產物。

我們不得不提及報紙副刊對文學的作用。《申報》最早刊登的文藝稿件與新聞混編雜在一起，沒有專門開闢文學版面，這可看作是副刊的萌芽[16]。1881 年，《字林滬報》創刊，它仿效《申報》也刊載文藝作品，還聘請了辭章學家蔡爾康任主筆。他在報刊中特闢一欄，名為「話團緊簇樓詩輯」，編排為書籍的版式，久而久之可以裝訂成冊。這樣，文學詩詞有了固定欄目，文學副刊就出現了。幾年後，文藝性小報異軍突起。小報形式小，內容也少，它以趣味為中心，不必刊載國政大事，滿紙街談巷語，隱私秘聞，兼載詩詞、小品、樂府、傳奇之類帶有消閒性的作品，很合一般市民讀者的口

---

15 謝六逸：《謝六逸文集》，商務印書館 1995 年，第 310 頁。
16 參見陳玉申：《副刊探源》，《新文學史料》2001 年 1 期，馮並：《中國文藝副刊史》，華文出版社，2001 年。

味。為了與小報競爭，《字林滬報》在 1897 年 11 月增出《消閒報》，以「附張」形式隨報送閱，讀者買一得二。商業性報紙把設置副刊作為報業競爭的一種手段，而政治性報紙則主要著眼於通過副刊來配合政治宣傳。文學副刊就出現蒸蒸日上的發展態勢。

文學副刊比雜誌影響大，它的讀者真正是大眾化的，對文學的文體形式有著獨特的影響。沈從文就認為：「初期社會重造思想與文學運動的建立，是用副刊作工具得到完全成功的。近二十年新作家的初期作品，更無不由副刊介紹給讀者。魯迅的短短雜文，即為適應副刊需要而寫成。」[17]現代報紙的副刊與一般雜誌期刊不同，它需要爭取讀者，培養作家，還培養出許多編輯，因為現代報紙副刊的編輯常是由作家和其他人兼職，有很強的流動性。比如沈從文和蕭乾都曾做過《大公報》文藝副刊的編輯，作家在寫作的時候，往往只從自己一個人的眼光去構思和表達，一旦做了編輯，就會更瞭解社會讀者對文學的期待和要求。所以，蕭乾就說：「我一進天津《大公報》，就發現這家報紙懂得：讀者要看的不僅僅是新聞，還得多方面充實版面，以滿足知識界，使報紙在報導新聞的同時，還能傳播知識。」在他看來，「編副刊也有所謂「導向」。但那絕不意味著告訴作者們該怎樣去寫。那永遠是無從『導』起的。然而編者只要順著潮流，而不是逆著它，總可以通過版面（例如徵稿或預告）鼓勵某方面的文稿向你湧來。」[18]沈從文從 1933 年 9 月接編《大公報》「文藝」副刊開始，就以一個編輯的身份，以書信的方

---

[17] 沈從文：《怎樣辦好一張報紙》，《沈從文文集》第 12 卷，花城出版社，1992年，第 204 頁。

[18] 蕭乾：《我當過文學保姆——七年報紙文藝副刊編輯的甘與苦》，《新文學史料》1991 年 3 期。

式發表了自己對文學的真知灼見，寫作了《新廢郵存底》。刊物、編輯、作者和讀者緊密地聯繫在一起，共同探討文學創作的藝術問題。它使沈從文對自我的創作有著清醒的發現和認識，也對其他的文學愛好者提供藝術經驗。

二、出版與中國現代文學

　　現代出版參與了中國現代文學的生產，出版與文學互動而生。出版利用技術、資金和發行網路將語言符號的文學作品物化為一種紙質媒介形式，實現向社會的傳播，成為一種社會存在物。出版對文學有培育、扶持和推動作用，同時，出版的發展壯大還成為一種文化產業。近代出版的出現以機器印刷技術為基礎，以書、報、刊為載體，影響深遠、廣泛、持久。一般情況下，文學作品先由報刊發表，再由出版社出版，文學與出版相互依存，密不可分。出版是一種文化，謝六逸認為由一個地區的出版情況可以看出測量這個國家和地區的發展壯況，「如果每條街上都有一二家有意義的書店和一所郵政分局，這邊是國家富強的預兆了。」[19]文化出版與學校教育一樣，它們為現代中國提供了紮實的知識資源和人才動力，文化出版成了一所無牆的大學。

　　現代作家以出版為仲介，參與現代思想文化的創造。他們或進出版社做編輯，如茅盾、葉聖陶進入商務印書館，或自己創辦出版社和書店，經營一番文化事業。現代知識份子和作家創辦出版社和書店的有：大江出版社（陳望道等）、時代圖書公司（邵洵美）、大

---

[19]　謝六逸：《大小書店及其他》，《謝六逸文集》，商務印書館，1995 年，第29 頁。

孚出版公司（陶行知）、金屋書店（邵洵美）、上海出版公司（柯靈、唐弢等）、昆侖書店（李達等）、萬葉書店（錢君陶等）、筆耕堂書店（李達等）、女子書店（姚名達）、美的書店（張競生）、天馬書店（樓適夷）、神州國光社（黃賓虹等）、滬江書屋（丁景唐）、星群出版社（曹辛之等）、秋星出版社（包天笑）、森林出版社（曹辛之等）、宇宙風社（陶亢德）、日新出版社（胡山源等）、太平書局（陶亢德）、真美善書店（曾樸）、上海書局（孫玉聲）、珠林書店（胡仲持）、樂群書店（張資平）、容光書局（蕭軍）、紅黑出版社（胡也頻）、北門出版社（李公僕等）、醫學書局（丁福保）、魯迅文化出版社（蕭軍）、黎明書局（孫寒冰、伍蠡甫）、晨光出版公司（老舍、趙家璧等）、辛墾書店（楊伯愷等）、第一線書店（施蟄存）、明日書店（許傑等）、水沫書店（施蟄存等）、希望社（胡風）、新群出版社（葉以群）、南天出版社（胡風）、詩歌出版社（胡風）、國訊書店（黃炎培）、天地書店（蘇青）、古今出版社（馮亦代等）、四海出版社（蘇青）、人生與文學社（羅念生）、鐘山書局（繆鳳林等）、美學出版社（徐遲等）、作家書屋（姚蓬子）、清華書局（徐枕亞）、審美圖書館（高劍父等）[20]。

現代出版為文學提供了創作動力和生活資源。有了自己的書店和出版社，既方便了文學作品的出版，也使作家更熟悉社會市場和讀者的需求。王力在 1927 年留學法國，他的老師李石岑把他翻譯的劇本介紹給商務印書館出版，為他提供了生活經費。錢歌川說：「我在開明書店出版了好幾本書，博取虛名事小，對我當時初出茅

---

[20] 徐雁平：《文人學者與現代出版業關係概觀》，葉再生主編：《出版史研究》（第 5 輯），中國書籍出版社，1995 年，第 236-237 頁。

廬的處境來說，幫助之大，無以復加。」[21]作家的創作，尤其是無名作家在他們的作品被出版以後也逐漸獲得社會的承認，分享社會的文化資本，實現文學的社會價值。在 1949 年以前，葉聖陶的作品，由商務印書館出版了 16 本，開明書店出版了 16 本。老舍的作品，由辰光出版社出版了 11 本，良友圖書公司出版了 4 本，商務印書館出版 4 本，群益出版社出版 4 本。郭沫若的作品，由光華書局出版 11 本，創造社出版部出版 19 本，泰東書局出版 9 本，商務印書館出版 10 本，海燕出版社出版 5 本，現代書局出版 11 本。鄭振鐸的作品，由商務印書館出版 35 本，生活書店出版 8 本，開明書店出版 5 本，良友圖書公司出版了 3 本。巴金的作品，由文化生活出版社出版 34 本，開明書店出版 27 本，良友圖書公司出版 8 本，新中國書局出版 6 本。

有幾家出版社，如商務印書館、泰東書局、北新書局、開明書店和文化生活出版社等對現代文學的貢獻最大。有時候，文學影響的大小主要就依靠出版社力量的大小，有名望的出版社出版的圖書的影響相對要大一些，五四時期的創造社與文學研究會相比而言，創造社依賴的泰東書局就沒法與文學研究會背後的商務印書館相比，文學研究會的《小說月報》和「文學研究會叢書」都是由商務印書館出版。商務印書館對現代文學的幫助和推動，主要是通過出版方式創造了一種現代文化，培養了大量的現代文學作家和讀者[22]。

---

[21] 錢歌川：《回夢六十年》，《出版史料》1988 年第 1 期。
[22] 楊揚：《商務印書館與中國現代文學》，《中國現代文學研究叢刊》1999 年 1 期；王中忱：《五四新文化運動時期的商務印書館》，《中國現代文學研究叢刊》1999 年 3 期。

開明書店則著眼與文學教育讀物的編輯與出版，推動了新文學教育的制度化，尤其對現代國語的普及和新文學經典的確立做出了突出貢獻，從 1926 年到 1952 年，在開明書店所出版的一千餘種圖書中，文學類占三分之一。一大批現代文學優秀作品屬於開明書店，如巴金的《激流三部曲》、《愛情三部曲》、《滅亡》、《新生》，茅盾的《蝕》三部曲、《子夜》、《清明前後》，廢名的《桃園、《棗》、《橋》、《莫須有先生傳》，沈從文的《邊城》、《長河》、《月下小景》、《湘行散記》，葉聖陶的《倪煥之》、《未厭居習作》，端木蕻良的《科爾沁旗草原》，錢鍾書的《人・獸・鬼》、《寫在人生邊上》，蘆焚的《落日光》、《無望村的館主》、《江湖集》、《看人集》，俞平伯的《燕知草》、《雜拌兒》、《雜拌兒之二》，周作人的《談龍集》、《看雲集》、《周作人散文鈔》，豐子愷的《緣緣堂隨筆》、《緣緣堂再筆》，朱自清的《背影》、《歐遊雜記》、《倫敦雜記》，梁遇春的《淚與笑》，臧克家的《烙印》，夏衍的《法西斯細菌》，汪靜之的《寂寞的國》，王統照的《歐遊散記》，魯彥的《王魯彥散文集》，蹇先艾的《城下記》，聞一多的《現代詩鈔》，吳祖光的《風雪夜歸人》、《牛郎織女》、《嫦娥奔月》、《捉鬼傳》等，另外朱光潛的《談文學》，李廣田的《詩的藝術》、《文藝書簡》，錢鍾書的《談藝錄》等文學研究著作，也由開明書店出版[23]。它們在文學界和學術界都產生了獨特的影響，日後它們或成為作家代表作，或是文學經典之作。

　　創建於 1935 年的文化生活出版社，以出版叢書為特色，它編輯出版了 8 套叢書，其中的「文學叢刊」共 10 集，每集 16 本，包

---

[23]　葉飀：《新文學傳播中的開明書店》，《中國現代文學研究叢刊》1999 年 1 期。

括 86 位作家的作品，涉及長、短篇小說、散文、詩歌、戲劇、電影文學、雜文、評論、書信等多種文體。其中新作家處女集就有 36 部，包括周文的《分》，卞之琳的《魚目集》，艾蕪的《南行記》，麗尼的《黃昏之獻》，曹禺的《雷雨》，蘆焚的《谷》，何其芳的《畫夢錄》，羅淑的《生人妻》，劉白羽的《草原上》，端木蕻良的《憎恨》，吳伯簫的《羽書》，杜運燮的《大姊》，鄭敏的《詩集‧1942-1947》，汪曾祺的《邂逅集》等。它還出版了翻譯、經濟、藝術、史地叢書，創造了文化的綜合發展態勢。

說到這裡，現代出版史中的「文學叢書」現象值得重視，它顯示了文學的整體力量和氣勢。如「新潮社文學叢書」、「創造社叢書」、「文學研究會叢書」、「未名叢刊」、「烏合叢書」、「狂飆叢書」、「良友文學叢書」、「開明文學新刊」、文化生活出版社的「文學叢刊」、「七月文叢」、「七月詩叢」、「每月文庫」、「野草叢書」、「北方文叢」等等[24]。「叢書」數量不等，種類有多有少，品質也高低不齊，影響也大小不同。現代文學叢書與傳統的「叢書集成」有著顯著差別，傳統「叢書」的收集與出版，是為了文化的積累與承傳，起著「圖書館」、「資料室」的作用，現代的「文學叢書」是文學的創造與播散，出版的經營與策劃的結果，是文學大眾化、平民化價值追求與現代出版形成社會公共空間和文化的產業化的多重因素相結合的產物。在「文學叢書」的背後，包含著創造與傳播、個人與社會、審美與文化、思想與

---

[24] 參見倪墨炎：《現代文學叢書散記》，《新文學史料》1993 年期；《現代文學叢書散記》（續一），《新文學史料》1993 年 4 期；《現代文學叢書散記》（續二），《新文學史料》1994 年 1 期；《現代文學叢書散記》（續三），《新文學史料》1995 年 3 期。

制度的多種關係，它們共同演奏了現代文學和現代文化的「合唱曲」。

在這些「文學叢書」裡，特別需要提及的是 1935-1936 年上海良友圖書出版公司策劃、出版的《中國新文學大系（1917-1927）》。當時年僅 28 歲的趙家璧在聽取鄭振鐸、阿英、茅盾、鄭伯奇的意見之後，並得到社會和文學界如蔡元培、胡適、周作人、魯迅、茅盾、鄭伯奇、洪深、朱自清等的支持和幫助，召集了 10 位在政治態度和人事關係不完全一致的名家聚集在一起，遴選新文學作品，撰寫「大系」導言。「新文學大系」是現代出版直接介入「現代文學」的典範，它不是發表新文學作品，而是對新文學做「盤存」，借助現代出版的制度力量，確立新文學的合法性意義。這就是說，沒有出版與文學的結盟，文學話語與出版制度的共同發展，「大系」也是不可能編輯出版的，更不可能由一個在「新文學」上幾乎沒有多少資歷的青年編輯擔任「大系」主編。但是，趙家璧擁有現代社會的文化資本——出版社，它對文學的創造一直具有強大的控制力量，經歷了 10 多年發展的新文學也需要做總結，需要獲得社會的普遍承認，需要確立自己的位置空間。二者不謀而合，完成了現代文學史上的一件大事。

由參加者和親歷者來敘述和解釋新文學，把新文學觀念毫無痕跡地滲透為一種制度形式，在就是《中國新文學大系》的功勞，它對中國現代文學觀念的形成影響深遠。《中國新文學大系》總結了第一個 10 年新文學成就，它以作品選和導言的形式完整地呈現出新文學的歷史和意義。「大系」的作家作品選也是一種文學史的描述形式，古人有「文選」，如《古文觀止》等，選者自有一套文學眼光。今人有文學史，也有作品選，二者相互協調補充。《中國新

文學大系》則介於二者之間，它主要是作品選，也有文學導言代替文學史。它的編撰是新文學成績的集體展示，標誌著中國新文學從文學理論和創作實踐的運作發展到文學史的集體寫作，他們都是現代知識份子，有新文學的親身經歷，也有獨立判斷的現代思想，對文學的歷史及其相關場景的熟稔讓他們有了的「自述」和「追憶」的文學史特點，學者的史識和理性也使他們的「貼身」敘述並沒失去歷史的清醒，有自己的文學價值觀和方法論。「導論」是新文學的理論宣言，也是文學史知識，它描述了新文學的運動、理論、思潮和各文體的演化和意義。它解釋中國現代文學是一場文藝復興運動，先有文學理論的宣導和鬥爭，文學社團的出現，後有小說、散文、戲劇和詩歌文體的創作。文學理論和論爭 3 卷，各文體的順序是小說、散文、戲劇和詩歌，小說 3 卷，散文 2 卷，戲劇和詩歌各 1 卷，這樣的順序和數量安排儘管說明不了多大問題，但它所設計的文學運動、文學理論、文學社團和作家作品選則有鮮明的文學史結構特點，可稱之為「生態型」的文學史。傳統中處在邊緣和「小道」的小說第一次成為中國文學的主流和中心文體，中國新文學戰勝舊文學，小說是成績最為突出、顯著，散文次之，也達到了相當高的藝術成就，戲劇和詩文體的變化大，文學現象多，頭緒雜，但還沒有完成文體的轉變和成熟，所選作品數量和排列次序也就緊隨其後了。這與以後文學史或作品選的文體次序有差異，或取詩、散文、小說和戲劇的次序，如北大版的《中國現代文學作品精選》，或取小說、詩歌、散文、戲劇的次序，如錢理群等著的《中國現代文學三十年》。「大系」做出的次序安排顯然有他們的用意，次序裡有文學成就和文體成熟的意義，它既符合文學事實，也有他們的價值判斷。「導言」為新文學勾勒了文學史的知識輪廓，初步建立了

中國現代文學的知識結構。他們認為新文學有西方思想和文學影響的背景和資源[25]，具有現代文化批判的思想立場[26]，追求「活的文學」和「人的文學」價值目標[27]，並以白話文為主體，有自己獨特的話語空間，成為現代知識份子介入社會人生、表現生命體驗的重要手段，是知識份子創造的精神符號，顯露了現代知識份子的自由思想和批判精神，這也是中國新文學擁有新思想，創造新形式的精神資源。

三、文學刊物與作家創作

　　一種媒介參與作家和作品的操作和推舉，我們就以文學研究會的《小說月報》對冰心的「塑造」和對泰戈爾的介紹為例。文學研究會作為新文學史上的第一個文學社團，有著統一的理論主張、代表作家和作品。在《文學研究會簡章》中明確提出，文學是於人生很切要的一種工作和事業，「將文藝當作高興時的遊戲或失意時的消遣的時候，現在已經過去了。我們相信文學是一種工作，而且又是於人生很切要的一種工作，治文學的人也當以為這事為他終身的事業，正同勞農一樣。」[28]文學人生化和職業化是文學研究會的美學追求和社會目標。

---

[25] 蔡元培：《中國新文學運動》，鄭伯奇：《現代小說導論（三）》，周作人：《現代散文導論》（上），《中國新文學大系導論集》，上海書店 1982 年影印。

[26] 茅盾：《現代小說導論（一）》，《中國新文學大系導論集》，上海書店 1982 年影印。

[27] 胡適：《新文學的建設理論》，《中國新文學大系導論集》第 15 頁，上海書店 1982 年影印。

[28] 《文學研究會簡章》，《小說月報》12 卷 1 號。

然而，文學研究會的文學主張並沒有產生預期的效果，茅盾對此有過分析。他認為：「『為人生的藝術』當初由文學研究會一部分人所主張，文藝的對象應該是『被侮辱者與被踐踏者』的血淚：他們是這樣呼號著。但是這個主張並沒引起什麼影響，卻只得到了些冷笑和惡嘲。粗看來，這個現象似乎極奇怪；不過假使我們還記得那時候正是一方面個人主義思潮煽狂了青年們的血，而另一方面『老』青年們則正惴惴然憂慮著『五四』所掀動的巨人（被侮辱與被踐踏的民眾）將為洪水之橫決，那我們便可了然於『人生的藝術』之所以會備受各方面的冷眼了。」除了這一客觀原因外，茅盾似乎還透露了文學研究會面臨的生存困境，「主觀方面，文學研究會提倡『人生藝術』的一部分人卻只以批評家的身份呼號而不以創作家的身份來實行，也是失敗之一因。」[29]雖然有了理論主張，但沒有人來實踐它，這無異於開了空頭支票，在他們的理論主張沒有得到社會大多數人認同的前提之下，在其內部也沒有得到自覺遵守和實施。文學研究會要佔據新文學盟主位置，就必須借助文學媒介有步驟地實施了推出有代表性的社團作家，並宣傳體現了社團文學主張的代表性作家的計畫。

　　他們選上作家冰心。從 1921 年《小說月報》第 12 卷第 1 號發表她的小說《笑》開始，到 1930 年第 21 卷第 1 號的《三年》，冰心在《小說月報》上共發表了小說 20 多篇小說、散文和雜談。《小說月報》前期對冰心的大力推介，使她一時聲名鵲起，其影響遠遠超過了同時期的其他作家，如許地山、廬隱、王統照、王魯彥等，

---

[29] 茅盾：《關於〈創作〉》，《茅盾文藝雜論集》上集，上海文藝出版社，1981年，第 304 頁。

成為社會讀者，尤其是青年學生喜愛的作家。這是一個非常明智的做法，一方面，在文學研究會的 12 位發起人中，有將近半數沒有自己文學創作，有的是社會名流，但在文學上顯山露水，謀事於其他社會職業；另一方面，文學研究會在以後發展、吸收的眾多會員，絕大多數也屬於文壇新秀，這個時侯的冰心還算是一名「資深」作家。1919 年 12 月 1 日《晨報》創刊的周年紀念增刊的排版就可見一斑，冰心作為嶄露頭角的新人，她的《晨報……學生……勞動者》一文與胡適的《周歲》、魯迅的《一件小事》、周作人譯的《聖處女的花園》刊在同一期，當時冰心尚未滿 20 歲。新文學是以「新」為立足點，青年是其主力陣容，讓冰心這個「同齡人」作為《小說月報》的代言人，是否潛意識裡也隱含有籌畫者想利用青年人而產生親和力，實現爭奪青年讀者的目的，我們雖無法找出更確切證據，但也不排除這個因素的存在。由此可見，文學研究會將冰心作為《小說月報》的「形象代言人」，相對而言，操作起來比較容易，而且也會取得預期效果。

在推薦和介紹冰心上，《小說月報》可謂費盡心機，採用了種種辦法。如發「預告」。在冰心作品發表的前一期《最後一頁》上，以「重點篇目」或「值得注意」的文章向讀者預先告知，如 12 卷 3 號、6 號、10 號《最後一頁》對《超人》、《愛的實現》、《最後的實現》等作品大都有預告；14 卷 7 號《最後一頁》上說：「上月出版的文學作品，比較重要的只有冰心女士的小說集《超人》（文學研究會叢書）和她的詩集《春水》（北京大學新潮社）」[30]等。

---

[30] 《最後一頁》，《小說月報》第 14 卷 7 號。

登「通信」。《小說月報》上經常有意識地刊載有這樣的信：

振鐸先生：

　　冰心女士作品，有單行本否？又魯迅《阿Q正傳》，已刊行專本否？何處出版？上海有代售否？何家代售？在何處？定價若干？乞示！

南洋邦加港中華學校　　W. C. Ching

W. C. Ching 先生：

　　冰心女士的著作，已出版有《繁星》一種，出版處為商務印書館。尚有《超人》（小說集）正在印刷，他的《春水》（詩集）聽說北京新潮社也已在排印。魯迅先生的《阿Q正傳》，無單行本。聞已編入他的小說集《吶喊》裡。亦新潮社文藝叢書之一，尚為未出版。[31]

　　在此之前，《小說月報》在《最後一頁》裡還發表過聲明，說明由於人手不夠，或因詢問書籍出版等屬於個人私事，「並非各表一個見解，沒有給第三者一看的必要」，「另行專刊奉答，不再排入通信欄裡了」[32]，但登載有關冰心的「通信」，顯然有「違背諾言」之嫌，並將對冰心的介紹放在魯迅之前，足可見出對冰心的重視程度。

---

[31]　鄭振鐸：《通信》，《小說月報·通信欄》第14卷5號。
[32]　《小說月報·最後一頁》第13卷8號。

第三，就是加「附注」。《超人》是繼《笑》之後，冰心在《小說月報》上發表的第二篇作品，刊於第 12 卷第 4 號，在其題目之下，茅盾以「冬芬」的筆名加了一個附注：

> 雁冰把這篇小說給我看，我不禁哭起來了！誰能看了何彬的信不哭？如果有不哭的啊，他不是「超人」，他是不懂得吧！[33]

　　這種自導自演的手法與劉半農、錢玄同關於「白話文」所演的「雙簧戲」，和 1921 年《文學旬刊》第 18 期上，葉聖陶和劉延陵關於發起《詩》月刊的「雙推磨」做法，如出一轍，何其相似！其動機如同為白話文和《詩》月刊製造社會輿論一樣，它的用意也在為冰心作品製造傳播和接受的先導性輿論，確立作品份量和價值，把冰心置於新文壇一個十分顯著的位置。隱藏在背後的焦急和期盼心態暴露無疑。

　　第四，發「徵文」。在冰心《超人》發表以後，《小說月報》立即對它的批評徵文，是《小說月報》對冰心的第一次也是唯一的一次「特別徵文」。

　　題目：「對於本刊創作《超人》（本刊第四號）《命命鳥》（本刊第一號）《低能兒》（本刊第二號）的批評。」

　　期限：「以本年七月十號為收稿截止期。」

　　報酬：「甲名十五元，乙名十元，丙名五元，丁名酬本館書券。」

---

[33] 《小說月報》第 12 卷 4 號。

在「徵文啟事」中，還明確規定字數限為三千，三千以上者「仍極為歡迎」，「惟未滿二千五百者，恕不能認為合格」。對於來稿，「在本月刊第十二卷第八號擇優登載」[34]。像這樣在作品發表以後就迅速組織人員進行討論的做法，在《小說月報》歷史上也不多見。

第五，刊「約稿」。在《小說月報》12卷4號上有冰心的「文藝叢談」，這是編輯的一篇約稿，照規矩，《小說月報》的「文藝叢談」一般都由編輯自己完成，「外人」只有俞平伯和冰心。因此，可以判定這篇「文藝叢談」是對冰心的約稿。冰心主張「表現自己」的、創造的、個性的和自然的「真」文學。她認為：

> ……一篇墓誌或壽文，滿紙虛偽的頌揚，嬌柔的歡惋；私塾或自學校裡規定的文課，富國強兵，東抄西襲，說得天花亂墜然而絲毫不含有個性，無論他筆伐如何謹嚴，辭藻如何清麗，我們也不敢承認他是文學。
>
> 抄襲的文學，是不表現自己的，勉強造作的文學也是不表現自己的，因為他以別人的腦想為腦想，以別人的論調為論調。就如鸚鵡說話，留音機唱曲一般。縱然是聲音極嘹亮，韻調極悠揚，我們聽見了，對於鸚鵡和留音機的自身，起了絲毫的感想沒有？仿杜詩，抄韓文，就使抄了全段，仿的逼真，也不過只是表現杜甫、韓愈，這其中哪裡有自己！
>
> 無論是長篇，是短篇，數千言或幾十字，從頭至尾，讀了一遍，可以使未曾相識的作者，全身湧現於讀者之前。他

---

[34] 《小說月報》第12卷5號。

的才情，性質，人生觀都可以歷歷的推知。而且是使人腦中起幻象，這作者和那作者有絕對不同的。這種的作品又絕對不同的。這種的作品，免可以稱為文學，這樣的作者，免可以稱為文學家！「能表現自己」的文學，是創造的，個性的，自然的，是未經人道的，是充滿了特別的感情和趣味的。是心靈裡的笑語和淚珠，這其中有作者他自己的遺傳和環境，自己的地位和經驗，自己對於事物的感情和態度，絲毫不可挪移，不容假借的。總而言之，這其中只是一個字「真」。所以能表現自己的文學，就是「真」的文學。

　　「真」的文學，是心裡有什麼，筆下寫什麼，此時此地只有「我」──或者連「我」都沒有──前無古人，後無來者，宇宙呵，美物呵，除了在那一刹那傾融在我腦中的印象以外，無論是過去的，現在的，將來的，都摒絕棄置，付與雲煙。只聽憑著此時此地的思潮，自由奔放，從腦中流到指上，從指上落到筆尖。微笑也好，深愁也好。麗麗落落自自然然的書在紙上。這時節，縱然所寫是童話，是瘋言，是無理由，是不思索，然而其中已經充滿了「真」。文學家！你要創造「真」的文學麼？請努力的「發揮個性，表現自己」。[35]

　　這篇「文藝宣言」，有幾點值得注意。它沒有談論文學的手法和技巧，也不講所謂的文學性，而是闡明「真」的文學需要發揮個性，表現自己。可見，冰心的意圖不在教導文學青年如何創造文藝，

---

[35] 《小說月報》第 12 卷 4 號。

而在於闡發自己的文藝觀和價值觀——發揮個性，表現自我。其次，它反偶像崇拜，反沿襲古典，如仿杜詩，抄韓文，即使抄了全段，仿的逼真，也不過只是表現杜甫、韓愈，其中哪有自己！第三，反陳規，主張文學「真」的自然觀。「聽憑此時此地的思潮，自由奔放，從腦中流到指上，從指上落到筆尖。微笑也好，深愁也好。麗麗落落自自然然的書在紙上。這時節，縱然所寫是童話，是瘋言，是無理由，是不思索。第四，崇尚個性和自由。心裡有什麼，筆下寫什麼，此時此地只有「我」——或者連「我」都沒有——前無古人，後無來者。

陳獨秀曾在《新青年》上以思想啟蒙眼光宣導「偶像破壞論」和「個性自由」，冰心則詩意化地從文學角度對它們加以肯定和強調。當時的冰心才21歲，與陳獨秀、胡適等人出現的「青年導師」面貌不同，她更有年齡優勢，在青年讀者中更具親和力。

《小說月報》在完成了對冰心的傾力推薦之後，開始了第二步工作——宣傳有代表性並實踐了社團主張的作家。它主要通過開設「創作批評」欄，對冰心的創作開展了大規模的文學批評。

「創作批評」欄設於《小說月報》的第13卷第8號，終於13卷9號，一共刊出了6篇批評性的文章。除去其中一篇批評《商人婦》和《綴網勞珠》的文章外，其它都針對冰心作品的批評。這說明冰心受到了《小說月報》的特殊關照。可以說，在媒介還沒有被政治權力化的時候，一個刊物關照誰，誰就是最有福的了。事隔一月，在《小說月報》第13卷11號上，又刊登了3篇批評冰心的文章。如此大規模、連續地對一個作家展開文學評論，冰心實屬《小說月報》的唯一。縱觀9篇評論文章，它們主要討論了冰心作品的以下幾個方面的問題：

1、冰心創作表達了社會時代和青年的苦悶，契合了青年人的心。有些評論者甚至不惜以自己親身經歷或生活實感來比附冰心的作品，說明它具有的真實性。如《對於〈超人〉、〈命命鳥〉、〈低能兒〉的批評》、《讀了冰心女士的〈離家的一年〉以後》、《論冰心的〈超人〉與〈瘋人筆記〉》。冰心作品能「援救一般頹喪的社會青年」[36]。在「受了作者的同化」之後，能產生「作者笑，讀者亦笑；作者哭，讀者亦哭；作者煩惱憂思，讀者亦煩惱憂思；作者飄逸曠達，讀者亦飄逸曠達」的審美效果；[37]它「拿『愛』來慰籍人們」；[38]「於人生有刺戟」[39]。

2、在文學思想上，有新穎而深邃的特點。這裡的新穎和深邃多指她的「愛」的人生觀、宇宙觀，以及生死觀。斫崖在《評冰心女士的〈遺書〉》中將其歸納為 13 點，幾乎有無所不包的內涵。

3、在藝術上，有純潔誠摯的心靈，詩意靈巧的描寫，清麗優美的文句，安閒華貴的氣度。

可以設想，當時給《小說月報》所投稿件應當還不止這 9 篇，經過編輯有意「擇優」的這幾篇文章，它們對冰心作品的文學性也不是非常重視，他們看中小說的感染性、干預性和真實性。不僅如此，在檢索、閱讀期刊以後，我們會發現《小說月報》多次在《卷頭語》、《最後一頁》和《文藝叢談》上直接表明自己所持的「非人生」、「非功利」的文藝觀。他們有過下面的表白：

---

[36] 潘垂統：《對於〈超人〉、〈命命鳥〉、〈低能兒〉的批評》，《小說月報》第 12 卷 11 號。
[37] 張友仁：《讀了冰心女士的〈離家的一年〉以後》，《小說月報》13 卷 8 號。
[38] 式岑：《讀〈最後的使者〉後之推測》，《小說月報》第 13 卷 11 號。
[39] 敦易：《對於〈寂寞〉的觀察》，《小說月報》第 13 卷 11 號。

「只要在『質』上有真摯的情感，在『形』上不十分堆飾『偽美』與『習見』的文句，在『量』上不見十分冗長的，我們都很歡迎的很願意的把他們刊出的。」[40]

「文藝的價值，應以文藝本身的價值為評衡，這就是說，我們評衡文藝，應就文藝本身而論，不要牽涉到別的問題上去。如果某篇是動人的，審美的，那便是好的作品，無論她是提倡什麼問題，討論什麼主義，我們只能當她是一篇論文，一篇文告，不能算她是文藝作品。文藝作品，第一要有濃摯的情緒，第二要有活潑動人的想像，第三要有特創的風格。徒以美麗字句的堆成一篇，或模擬他人之作者，也都不能算作真的好文藝作品。」[41]

「真實的作者，都只求知合於自己的情形與嗜好，把自己欲說的話，欲寫的東西，欲抒吐的情感，照著字所最喜歡用的風格，自己所認為最美好的文辭，寫了下來。批評者的話與一時的風尚，都難得移動他的心。如此，他的作品才可具有永存的生命……所以作家最要緊的是具有獨特的風格與墾殖荒原的勇氣。……『要知道你自己』，這句話我們的作家必須記住。……」[42]

饒有趣味的是，正當《小說月報》為冰心小說的感染性、干預性和真實性鳴鑼開道、搖旗吶喊的時候，創造社的資深評論家成仿

---

[40] 《小說月報·最後一頁》第 14 卷 5 號。
[41] 《小說月報·卷頭語》第 16 卷 11 號。
[42] 《小說月報·最後一頁》第 17 卷 2 號。

吾則揮舞著文學解剖刀將冰心創作的成敗做了具體分析，認為：「《超人》的藝術，也仍不免有我前面說過的幾層缺點。她寫沒有愛的生活，也只就客觀的現象描寫，也錯在把何彬寫到了極端的否定；她寫過去的追憶，也很安插的勉強；她寫愛的實現，也是熱有餘而力不足。」「冰心女士的詩人的天分是很高的，我在前頭說過，不須再說了。不過她的作品，不論詩與小說，都有一個共通的大缺點，就是她的作品，都有幾分被抽象的記述膨壞了的模樣，一個作品的戲劇的效能，不能靠抽象的記述，動作是頂要緊的，最好是把抽象的記述映（project）在動作裡。我們的舊小說多被動作（實事）膨壞了，然而被抽象的記述膨壞，也是過猶不及。這許是並心偏重想像而不重視觀察的結果，我在這裡順便談談，也許不無益處。」由此，他「警告我們的青年作家，不要再想在現在的一般人的言論裡面，織入高深的思想，我們暫時不能不丟了這條路，我們以後只能在乾燥淺薄的言行的全部之中，取曲徑把我們的思想徐徐地暗示。既要顧及實情，又要不墮入淺近的自然派的描寫。」[43]

成仿吾所說並不是沒有道理，他至少從一個藝術視角分析了冰心小說的局限。《小說月報》有著自己的意圖。兩相比照，可以明顯看到，《小說月報》將冰心作品看做了「為人生」的問題小說。從「創作批評」欄目設立的初衷也可以得到證實，它說：「有許多作家能感動青年的心，卻是不用自諱」，「看了一篇作品大為感動，覺得非說不可的時候，也毋須自慚形穢，還是老實的說出來。」[44]

---

[43] 成仿吾：《評冰心女士的〈超人〉》，《創造季刊》第 1 卷 4 期。
[44] 《小說月報》第 13 卷 8 號。

他們的選擇「只限於一人的作品」，恰恰只是冰心的作品。正因如此，他們強調文學要有「感動」、「宣洩」、「與青年溝通」、「於人生有刺戟」，而非文學本身的節奏、結構、語言等。

因為文學社團內部的需要，《小說月報》對冰心給予盡心盡力的推介和塑造，外部社會環境也對《小說月報》有壓力和希望。種種跡象表明，《小說月報》作為商務印書館的產業之一，相對創造社自辦的刊物而言，它要受制於商業經濟利益，它在新文學變革的過程中走著一條穩健之路，但也不無猶豫和觀望。在其他文學社團尤其是創造社沒有成立之前，文學研究會還缺少強勁的競爭對手，可以獨霸天下，做無可爭議的文壇盟主。但是，在創造社成立後，種種不利因素就暴露出來。創造社在成立的當年就出版了中國現代第一部白話短篇小說集《沉淪》，出版了第一部長篇小說《沖積期化石》和白話新詩集《女神》等，顯示了文學主張與創作實踐的紮實成績。此時的文學研究會卻連自己的代表作家也還尚在籌備運作之中，以至於連茅盾都不得不承認「熱情奔放的天才的靈感主義的中國浪漫主義文學由創造社發動而且成為『五四』時期的最主要的文學現象」[45]。

這些都給予了文學研究會和《小說月報》巨大而有形的壓力。《小說月報》必須有所動作，有所謀劃。它在推崇冰心作品過程中而出來的對待「為人生藝術」的「言行不一」現象，顯然是為了改變文學社團和刊物生存危機的目的，而且還隱含著一種爭奪新文學話語主導權的慾望。《小說月報》參與冰心和她的作品的策劃、運

---

[45] 茅盾：《關於〈創作〉》，《茅盾文藝雜論集》上集，上海文藝出版社，1981年，第 304 頁。

作方式，後來成為了現代文學期刊運作作家的主要手段，它形成了文學與期刊緊密合作的文學傳統。文學發展越來越離不開期刊的運作，文學必須借助文學期刊推出自己的代表作家、作品和理論主張，作家必須依附於期刊才能獲得生存基礎，要為自己所代表的社團流派搖旗吶喊，爭奪文學陣地和理論話語權；反過來，作家也成了這一期刊旋渦中無能為力的生存者，甚而會成為文學旋渦的犧牲品，逃脫了一個旋渦，等待著的又是另一個更大的旋渦。

總而言之，《小說月報》參與了冰心早期的文學創作，並幫助她成了名。當然，冰心的成名主要與她的「問題」小說適應了「五四」時期的社會形勢，滿足青年讀者的需要。

反過來，作家也自覺地接受或適應文學刊物。魯迅的《〈吶喊〉自序》敘說了一段發生在作者身上的經歷和心境。不言自明，《吶喊》就是這段經歷的文字，這段心境的寫照。他個人有過「美滿」的「夢」，更多是夢破滅以後的「無端的悲哀」和「寂寞的時光」，「這寂寞又一天一天的長大起來，如大毒蛇，纏住了我的靈魂了。」[46]於是，他也有了一個清醒的自我意識；「決不是一個振臂一呼應者雲集的英雄」。個人英雄的神話破滅了，同時也失去了青年人的「慷慨激昂」，失去了對現實關心的熱情，而選擇「回到古代去」，「麻醉自己的靈魂」。這也是中國人習慣性的人生選擇方式。

以上是發生在一個人身上的心事。作者向《吶喊》的讀者講述，有何特殊的用意？作者接著講述了一件與文學創作有直接關係的事。在一個夏夜的槐樹下，槐樹上曾經吊死過一個女人，槐樹背後

---

[46] 魯迅：《〈吶喊〉自序》，《魯迅全集》第 1 卷，人民文學出版社，1981 年，第 417 頁。以後對該文的引用皆出自於此。

的寓所堆放著許多鈔過或待鈔的古碑。他說：「客人少有人來，古碑中也遇不到什麼問題與主義」，說明他對現實裡發生的各種「問題與主義」也是知道的。只是沒有人來討論，寓所的主人也不想與人討論發生在現實裡的事。老朋友金心異來到了他的寓所，（這裡他戲擬林紓的稱呼，也證明他熟悉發生在現實裡的文言與白話之爭），質問他「你鈔了這些有什麼用？」，他的回答是非常無奈的，「沒有什麼用」，「沒有什麼意思」，一副無所謂的樣子。

他同時也理解了來者的用意，他們正在出版一個雜誌──《新青年》，並且也陷入了自己曾經有過的「《新生》」式的「寂寞」：「沒有人來贊同，並且也還沒有人來反對」，於是，雙方說出了一個在文學史上很經典的「鐵屋子」寓言，一個關於「昏睡」與「清醒」、「希望」與「悲哀」的寓言。最終，他讓「我」相信「希望」「卻是不能抹殺的，因為希望是在於將來，決不能有以我之必無的證明，來折服了他之所謂可有」。「我終於答應他也做文章了，這便是最初的一篇《狂人日記》。從此以後，便一發而不可收，每寫些小說模樣的文章，以敷衍朋友們的囑託，積久就有了十餘篇。」這就是《呐喊》。

這些也常被後來者作為魯迅為什麼寫小說的證據。人們都注意到了他做小說的目的，喚醒「鐵屋子」昏睡的人們，讓醒過來的「少數人」升起「毀壞這鐵屋子的希望」。事情看似很偶然，但在偶然背後卻有很多必然性。我們從寓言象徵意義的深刻和表達形式的簡練上，可以看出它設置的精巧與經典，顯然非一日之功，而是深思熟慮的結果。他幾次流露出的對現實事件的熟悉，如《新青年》雜誌的創辦、文言與白話的論爭、問題與主義的論爭，也表明他並沒有完全沉浸在古碑裡。鈔古碑也不過是一種求自我解脫的方法，一

種等待時機的消磨時間和生命的無奈之舉。金心異的勸說，恰恰提供了一種時機，也許纏繞他心裡的寂寞需要解脫，也許關於寓言的構思即將完成，就差最後兩步了，那就是從昏睡的鐵屋子裡究竟能喚醒幾個人？他們有沒有毀壞這鐵屋子的希望？金心異的一句「然而幾個人既然起來，你不能說決沒有毀壞這鐵屋的希望。」他說了一個數學概率問題，在「幾個」與「許多」中間，在到達目的這一點上，幾個人也有可能性。

在偶然與必然中，魯迅寫起小說來。他的寫作不是自娛自樂，不是聊以自慰，而是為了「鐵屋子」裡的人們而吶喊，「聊以慰籍那在寂寞裡奔馳的猛士，使他不憚於前驅」。因為吶喊，而須「聽將令」。這樣，魯迅的寫作就隱含有兩個基本欲望和前提，為青年而「吶喊」和「聽將令」，前者是文學讀者的要求，後者是文學刊物的要求。魯迅的寫作建立有三個參照系，寫作與自我，寫作與讀者和寫作與刊物。在寫作與自我關係裡，有魯迅的「夢」和「寂寞」；在寫作與讀者的關係中，有對青年的期待以及因對青年的顧慮而在寫作有所顧忌，有所收斂；在寫作與刊物的關係裡，不得不「聽」從文學刊物的要求，在藝術手法上使用「曲筆」。可以說，有多種力量參與了魯迅的文學創作，魯迅的寫作也是多聲部的，形成了如巴赫金所說的「對話」關係。

作品最終被「結集起來」，「付印」出版，有了「成集的機會」，這對經歷過太多曲折和落寞的作者而言，「無論如何總不能不說是一件僥倖的事」，但「懸揣人間暫時還有讀者，則究竟也仍然是高興的」。有讀者，說明作品還有市場；有結集出版的機會，證明文學寫作已不是個人的私事，而是一項文化事業。

表面上，魯迅是被動地進入了文學界，在暗地裡，他也是主動的。在主動與被動之間，魯迅進入了新文學制度。《吶喊》的 14 篇小說（不包括《補天》），除《阿 Q 正傳》和《兔和貓》發表在《晨報副刊》，《社戲》和《端午節》發表在《小說月報》，《明天》發表在《新潮》，《一件小事》發表在《時事新報·學燈》，《白光》發表在《東方雜誌》，《鴨的喜劇》發表在上海的《婦女雜誌》上，其他 6 篇小說《狂人日記》、《孔乙己》、《藥》、《頭髮的故事》、《風波》和《故鄉》都發表在《新青年》雜誌上。在時間上這也說明魯迅的寫作並不完全受制於《新青年》的控制，而是滿地開花，從北到南，從純文學刊物到綜合期刊，從專業雜誌到報紙副刊，應有盡有。與《吶喊》寫作時間大致相同的雜文集《熱風》，共有 30 篇文章（不包括《題記》），其中寫於 1918 年到 1920 年間的 16 篇文章，全部發表在《新青年》雜誌，寫於 1921 年到 1924 年（1923 年闕如）間的 14 篇發表在《晨報副刊》上。有意思的是，在《吶喊》中發表於《新青年》的 6 篇作品，1918-1919 年有 3 篇，1920-1921 年間初有 3 篇，1921 年後還寫了 6 篇，都發表在其他刊物上。可以看到，1921 年，魯迅與《新青年》雜誌之間的關係開始有所疏遠。這一年開始是《新青年》第 8 卷第 5 號，《新青年》對文學問題的關注逐漸減少，轉向對社會主義問題的討論，1922 年 7 月以後，《新青年》出了第 9 卷第 6 號以後停刊，1923 年 6 月，《新青年》季刊創刊，魯迅也就很少在它上面發表文章了。以後，散文集《野草》的 24 篇文章全部發表在《語絲》雜誌。《彷徨》的 11 篇小說，除寫於 1925 年 10 月 17 日到 21 日的一個星期裡的兩篇小說《孤獨者》和《傷逝》沒有事先在刊物上發表以外，《語絲》雜誌發表了《高老夫子》、《示眾》和《離婚》3 篇小說，其他發表在《東

方雜誌》、《小說月報》、《婦女雜誌》、《晨報副刊》、《民國日報副刊》
和《莽原》上。也由此可見,魯迅在作品發表的刊物選擇上,非常
看重個人有刊物之間的友誼,也關心刊物的話題傾向,也就是議程
設置。他的作品的發表可以說是他個人情感和刊物的議程設置達到
一致的結果。他既不會為發表而發表,也不會在一棵樹上吊死。

我們還可以從《小說月報》[47]如何參與泰戈爾的「中國之旅」,
來看看現代期刊如何介入西方作家在中國的傳播過程。《小說月報》
對泰戈爾的引入介紹,大致可以分為 3 個階段——1915-1922 年,
1923-1924 年,1925 年以後[48]。作為新文學媒體重鎮的《小說月報》
通過有意識的輿論導向,直接塑造了不同時期的泰戈爾形象,影響
了社會對泰戈爾接受層面的意義約定,實現了對泰戈爾「中國形象」
的塑造。

1922 年以前的《小說月報》與泰戈爾。這一時期是新文學從
誕生到高潮的重要階段,《小說月報》對泰戈爾的譯介主要側重於
他的文學成就,目的在於為新文學樹立一些可資參考的典範。其
中,鄭振鐸可謂最為賣力的一個,他先後在《小說月報》的第 12
卷第 1、4、6、7 號,第 13 卷第 1 號,第 14 卷第 7 號上選譯了泰
戈爾的詩歌,內容幾乎涉及泰戈爾的全部詩著。另外,有許地山譯
的《在加爾各答途中》(《小說月報》12 卷 4 號)、瞿世英譯的《齊
德拉》(《小說月報》12 卷 5 號)等泰戈爾作品。在這個時期,介
紹泰戈爾的論文和評述,也多從文學層面上討論,如鄭振鐸《太戈
爾的藝術觀》(《小說月報》13 卷 2 號)、《太戈爾傳》(《小說月報》

---

[47] 這裡僅限於 1921-1932 年的《小說月報》。
[48] 參見候傳文:《論我國五四時期對泰戈爾的接受》,《東方論壇》1995 年
1 期。

13 卷 2 號），張聞天的《太戈爾之詩與哲學觀》（《小說月報》13
卷 2 號），瞿世英的《太戈爾的人生觀與世界觀》（《小說月報》13
卷 2 號）等。他們為了使讀者對泰戈爾的藝術和藝術觀有一個較全
面的瞭解，而做了介紹。

　　與此同時，其他刊物對泰戈爾也有介紹。早在 1913 年，錢智
修就在《東方雜誌》第 10 卷第 4 號上發表了《台峨爾氏之人生觀》，
1915 年的陳獨秀也在創刊不久的《青年雜誌》上發表了譯自《吉
檀迦利》的四首短詩，題為《讚歌》。在《讚歌》之後，他又寫了
一個附言，在附言裡，他流露了對泰戈爾文化觀的不滿，但在其詩
意上卻多有讚賞。在《敬告青年》中，他也表示了相同的看法：「吾
願青年之為托爾斯泰與達噶爾（R・Tagore 印度隱遁詩人），不若
其為哥倫布與安重根！」[49]這說明以陳獨秀為代表的《新青年》和
以鄭振鐸為代表的《小說月報》在對待泰戈爾的觀念上有不同，也
許是他們個人見解的不同。作為現代思想文化刊物《新青年》在思
想文化上追慕西方文化，它介紹了泰戈爾，但在文化價值觀上卻多
有相悖之處，同屬於東方文化背景，所以，對泰戈爾多持否定態度。
作為新文學刊物的《小說月報》，它更為關心的是文學，尤其在新
文學建設初期，它需要多為新文學創作提供文學範本，泰戈爾成為
文學代表之一。幾年後，鄭振鐸道出了個中深意，他說：「重視『創
作』而輕視『翻譯』的結果，容易使出版界氾濫了無數的平庸、無
聊的幼稚作品，且容易使讀者社會養成了喜歡『易讀』的記帳式的
下等作品，而不喜歡高尚的純文藝作品的習慣。」他進而呼籲「我
們現在應該分些創作的工夫，去注意到世界名著的介紹，不能視

---

[49] 陳獨秀：《敬告青年》，《青年雜誌》第 1 卷第 1 號。

『創造』為過高，而以『介紹』為不足注意。」[50]文學研究會一直重視譯介西方文學作品，它用大量篇幅宣傳泰戈爾，也屬意料之中的事。

事實上，東方的泰戈爾深受五四時期的中國作家的喜愛。郭沫若在接觸泰戈爾的詩後，感到「真好象探得了我『生命的生命』，探得了我『生命的泉水』一樣」，「時而流著感激的眼淚而暗記，一種恬靜的悲調蕩漾在我的身之內外。我享受著涅槃的快樂。」[51]他解釋自己詩歌創作歷程的第一階段是泰戈爾式的，崇尚清淡簡短，「和泰戈爾的詩結了不解緣」。他早期的詩作，「舊式的的格調還沒十分脫離，但在研究過泰戈爾的人，他可以知道那兒所表示著的泰戈爾的影響是怎樣的深刻。」[52]冰心也深受泰戈爾的影響，她有過這樣的回憶和感歎：「你的極端的信仰——你的『宇宙和個人的心靈中間有一大調和』的信仰；你的存蓄『天然的美感』，發揮『天然美感』的詩詞；都滲入我腦海中，和我原來的『不能言說』的思想，一縷縷的合成琴弦，奏出飄渺神奇無調無聲的音樂。」[53]冰心是深受泰戈爾影響的中國作家。

1923-1924 年的《小說月報》與泰戈爾。1923 年，泰戈爾接受中國講學社邀請，預備來華，但由於身體原因，推遲至 1924 年 4 月方抵達上海。圍繞泰戈爾的來華，《小說月報》在 1923 年 9 月和 10 月連出兩期「泰戈爾專號」（《小說月報》14 卷 9、10 號），對泰

---

[50] 西諦：《小說月報·卷頭語》16 卷 4 號。
[51] 郭沫若：《泰戈爾來華的我見》，《創造週刊》1923 年 10 月。
[52] 郭沫若：《我的作詩的經過》，《郭沫若論創作》，上海文藝出版社，1983 年，第 202 頁。
[53] 冰心：《遙寄印度詩人泰戈爾》，《記事珠》，人民文學出版社，1982 年。

戈爾進行了大量的宣傳、報導。綜觀這一時期《小說月報》對泰戈爾的評介文章（包括翻譯的國外學者對泰戈爾的研究文章），可以發現幾乎無一貶詞。頌揚之處主要集中在以下幾個方面：

　　一是泰戈爾的「人格的真理」。泰戈爾的來華，人們最感興趣的是他那「人格的真理」。鄭振鐸在《歡迎太戈爾》中說：「我們不歡迎殘民以逞，以紅血白骨築凱旋門的凱薩，這是應該讓愚妄的人去歡迎的；我們不歡迎終日以計算金錢為遊戲的富豪，不歡迎食祖先的余賜的帝王或皇子，這是應該卑鄙的人去歡迎的；我們不歡迎庸碌的乘機會而獲享大名的外交家及其他的人，這是應該讓無知的，或狡猾而有作用的人去歡迎的。我們所歡迎的乃是給愛與光與安慰與幸福於我們的人，乃是我們的親愛的兄弟，我們的知識上與靈魂上的同路的旅伴。」[54]王統照稱泰戈爾是「虛空世界裡一個黎明的高歌者」[55]，徐志摩撰文對泰戈爾的人格備加推許，把泰戈爾比作是「泰山日出」，並以華美熱烈的語言讚美這位人格高大的「散發著禱祝的巨人」[56]。作為一名詩人，不讚美泰戈爾的詩歌，反而極力推崇「他一生熱奮的生涯所養成的人格」，說明詩人對泰戈爾有著非文學的需求——試圖用泰戈爾「人格的真理」來塑造自我人格的尊嚴，消除暴力、黑暗和專制，建立一個博愛和平的世界。

　　二是泰戈爾的東西文化觀。《小說月報》對泰戈爾中西文化觀的集中論述主要有兩篇文章，都是以記者名義採寫的。兩篇文章都類似於今天的「評論員文章」，有很高的權威性和傾向性。兩篇文章表達一個共識：泰戈爾固守東方的傳統文化，極力批駁西方的物

---

[54] 鄭振鐸：《歡迎太戈爾》，《小說月報》14 卷 9 號，1923 年 9 月 10 日。
[55] 王統照：《太戈爾的思想及其詩歌的表像》，《小說月報》14 卷 9 號。
[56] 徐志摩：《太戈爾來華》，《小說月報》14 卷 9 號。

質文明。「他的理想是東方的理想，能使我們超出於現代的物質的以及其他種種的束縛。他勇敢的發揚東方的文明，東方的精神，以反抗西方的物質的、現實的、商賈的文明與精神；他語言一個靜默的美麗的夜天，將覆蓋於現代的擾亂的世界的白晝，他語言國家的自私的心將死去，而東方的文明將於忍耐的黑暗之中，顯出她的清晨，乳白而且靜寂。」[57]「要曉得幸福便是靈魂的勢力的伸張，要曉得把一切精神的美犧牲了去換得西方的所謂物質文明，是萬萬犯不著的！」「西方的物質文明，幾年前曾觸過造物主的震怒，而受了極巨的教訓了，我們東方為什麼也似乎一定非走這條路不可呢？」「我們應當竭力為人道說話，與慘屬的物質的魔鬼相抗。不要為他的勢力所降服，要使世界入於理想主義，人道主義，而打破物質主義！」[58]事實上，泰戈爾並非如記者所描述的那樣完全固守傳統和毅然排外，他反對物質主義，但並不反對物質，反對科學主義，但並不反對科學，反對工業主義，但不反對工業，在他看來，傳統的存在賴於對其實行現代轉化，西方文明的優點在於「有規則」、「有秩序」，缺點在於「重物質」、「重政治」、「重權力」[59]。有意味的是，持這種全面觀點的文章主要出現在《小說月報》前期對泰戈爾的介紹，其他報刊也有這方面的介紹。在 1923-1924 年期間的《小說月報》，對泰戈爾的看法卻出現了某種倒退和「偏頗」，前後觀點有一定的偏差，這是否表明《小說月報》採用「偏頗」的

---

[57] 記者：《歡迎太戈爾先生》，《小說月報》15 卷 4 號。

[58] 記者：《太戈爾來華的記事》，《小說月報》15 卷 4 號。

[59] 參見瞿世英：《太戈爾的人生觀和世界觀》，張聞天：《太戈爾對於印度和世界的使命》，《小說月報》13 卷 2 號，1922 年 2 月 10 日。瞿菊農：《太谷兒的思想及其詩》，《晨報》副刊，1923 年 9 月 1 日（1）等文。

言辭，起到強化輿論導向的作用。在泰戈爾來華之前，正值東西文化大論戰，面對西方文化的衝擊，東方文化何去何從，成為現代知識份子關新的焦點問題。泰戈爾的來華，再次激發了人們對東西方文化價值的討論。

三是泰戈爾的「愛與自由」。由於文化觀的相似，梁啟超對泰戈爾的感受與眾不同。他為泰戈爾的訪華而做了講演《印度與中國文化之親屬關係》，他認為，泰戈爾給了我們兩份貴重禮物，「一、教給我們知道有絕對的自由——脫離一切遺傳習慣及時代思想所束縛的根本心靈自由，不為物質生活奴隸的精神自由。總括一句：不是對他人的壓制束縛而得解放的自由，乃是自己解放自己『得大解脫』、『得大自在』、『得大無畏』的絕對自由。二、教給我們知道有絕對的愛——對於一切眾生不妒不慳不厭不憎不諍的純愛，對於愚人或蠻人悲憫同情的摯愛，體認出眾生和我不可分離『冤親平等』、『物我如一』的絕對愛。」[60]無獨有偶，王統照在其長篇論文《太戈爾的思想與其詩歌的表像》中，也將泰戈爾的思想概括為三句話：「自我的實現與宇宙相調和」，「精神的不朽與『生』之讚美」，「創造的『愛』與人生之『動』的價值」，並在文中特辟一節「『愛』之光的普照」來論述泰戈爾的「愛」的哲學和自由精神。[61]徐志摩也借機發揮「精神的自由，決不有待於政治或經濟或社會制度之妥協」[62]主張。徐志摩由泰戈爾的自由和美返觀中國的社會現實，他不得不發出這樣的感歎：「他（指泰戈爾）說我們愛我們的生活，我們能把美的原則應用到日常生活上去。有這回事嗎？我個人老大

---

[60] 梁啟超：《印度與中國文化之親屬關係》，《晨報》副刊 1924 年 5 月 3 日。
[61] 王統照：《太戈爾的思想與其詩歌的表像》，《小說月報》14 卷 59 號。
[62] 徐志摩：《泰戈爾來華》，《小說月報》14 卷 9 號。

的懷疑。……現在目前看得見的除了齷齪與誤會與苟且與懦怯與猥瑣與庸俗與荒傖與懶惰與誕妄與草率與殘忍與一切的黑暗之外,我不知道還有什麼?我們不合時宜的還是做我們的夢去!」[63]

　　這個時期的《小說月報》對泰戈爾的介紹,總有現實因素跟隨其後。中國作家從中國自身的社會現實出發,打扮出心目中理想的泰戈爾,泰戈爾逐漸被中國化,具有中國思想家和哲學家的形象特點。但是,泰戈爾在華的講演,卻反覆稱自己只是個詩人,在《告別辭》裡還悻悻地說自己好在「不曾繳我的白卷」[64]。來華之前,他對自己「是作為詩人去呢?還是要帶去好的忠告和健全的常識」而猶豫不決,甚至因此延遲了來華的行程。魯迅對媒體的任意炒作有過尖銳的批評,在他看來,「如果我們的詩人諸公不將他製成一個活神仙,青年們對於他是不至於如此隔膜的。」[65]《晨報》副刊也有人對《小說月報》靠幾篇文章和譯文就辦專刊的現象提出過嚴厲的批評。然而《小說月報》似乎並不在意當事人的申辯和社會外界的批評,只按自己的意圖和思路一路作來。何以如此?實際上,在它背後還有故事,這需要從頭說起。

　　1915 年,陳獨秀和杜亞泉拉開了東西文化論戰的帷幕。「1919年以後轉為新舊文化之爭,由比較東西發展到探討新舊。進入 20年代,出現了更為複雜的局面。世界大戰的慘狀打破了西方文化無比優越的神話,中國應走什麼道路的問題重新成為熱門話題,東西文化之爭再度興起。」[66]正是在這樣的社會語境下,西方的杜威和

63　徐志摩:《泰戈爾清華講演·附述》,《小說月報》15 卷 10 號。
64　泰戈爾:《告別辭》,《小說月報》15 卷 8 號。
65　魯迅:《花邊文學·罵殺與捧殺》,《魯迅全集》第 5 卷,第 469 頁。
66　侯傳文:《論我國五四時期對泰戈爾的接受》,《東方論壇》1995 年 1 期。

羅素接受了中國講學社的邀請，紛紛來華講學，並以哲學家和思想家的身份傳經送道，大大滿足了邀請者的意圖——為中國社會和文化的前途和現狀出謀劃策。泰戈爾以詩作聞名，因此，泰戈爾以什麼身份來華則成為各大媒體關注的焦點。與此緊密相關的是，媒體對泰戈爾的身份定位不僅關係著刊物本身對這一事件的介入程度和傾向，甚至也關係到刊物日後的生存環境，因為此時的刊物已受制於文化生產制度。不僅要有自己的興奮點與賣點，而且還要維護社團組織利益。正是在這一形勢下，《小說月報》聲明，介紹西方文學的目的，「一半是欲介紹他們的文學藝術來，一半也為的是欲介紹世界的現代思想」，並強調後者「應是更注意些的目的」[67]。於是，泰戈爾自然便從前期的文學家搖身一變，成了一個解決中國現實問題的思想家和哲學家——儘管「泰戈爾專刊」也有泰戈爾自己的著作和翻譯，這些作品都被作為了印證泰戈爾文化思想的材料。

　　1925 年後的《小說月報》與泰戈爾。「五四」一代思想啟蒙者在激情與倉促中做事，他們不可能深思熟慮，也缺乏長遠目標，既啟蒙又救亡，從思想文化運動很快就轉變為一場社會政治運動。泰戈爾的命運也隨大轉變而被安排，他對政治的遠離必然導致《小說月報》對他的遺忘和拋棄，這並不是說《小說月報》變成了一個政治刊物，《小說月報》也需要承擔啟蒙與救亡任務，它出於刊物的生存需要，不得不「隨流」而把眼光又盯在社會的其他興奮點上，泰戈爾的被遺忘不可避免。這一時期的《小說月報》除了零星發表的譯文和研究著述外，如落華生所譯的《主人，把握的琵琶拿

---

[67] 茅盾：《新文學研究者的責任與努力》，《小說月報》12 卷 2 號。

去罷！》等，泰戈爾如同昔日黃花，成為了《小說月報》記憶中的人物。

通過對《小說月報》在不同時期對泰戈爾的不同介紹，可以看到，20 年代文學期刊越來越受到社會市場的制約，受到社會商業利潤、集團利益和轟動效應等因素的鉗制而不斷改變著自己，包括自己的認識和看法，文學期刊成為一種「隨時」、「隨俗」、「隨群」的話語勢力不斷介入社會思想、運動或流派的形成過程，並通過自己的輿論導向，在無形中控制著文學的生產和接受。

| 第七章 |

文學審查與評獎

一、文學的編輯群體

　　從大眾傳播學角度看，文學編輯就是「把關人」。有什麼樣的編輯，就會出現什麼樣的作家作品。要全面真實地理解現代文學，瞭解現代編輯則是一條途徑。熟悉他們的文化觀、美學觀和藝術觀，乃至成長背景、學習經歷、社會交往等都可以幫助我們更深入理解現代文學。現代文學只能是這樣，而不會那樣，或者說它不只是這樣，還有另樣，一句話，現代文學的豐富性與必然性、多樣性與確定性的思想和藝術形態都可以從編輯這個側面得到一定的解釋和說明。編輯欣賞什麼，愛好什麼，都會或隱或顯地影響到他的編輯工作，影響到作家作品的面世和出版。當然，在理論上應該承認凡是金子都會閃光，一個作家，一部作品即使暫時沒有被編輯們發現或推出，它們最終也會被發現。但是，他們要忍受沒被發現，乃至被歧視、被忽略的尷尬與冷落，這對一個作家的精神和心靈肯定會有沉重的打擊和創傷。在這個過程中，他們也許會放棄，至少會改變自己。編輯改變著作家，也改變著文學。當然，文學編輯也要受到文學讀者和作家的制約，讀者的閱讀愛好，作家的創作個性都可能對一個編輯產生影響。

現代文學許多編輯是一個獨特的群體，他們有著非職業編輯身份，但卻具有高尚的編輯職業素質，既啟動了現代作家的創作動力，也規範著文學的發展走向。編輯與作家、編輯與作品、編輯部的內部體制等也是中國現代文學制度研究的重要內容。編輯本身是作家，現代文學上的編輯大都是兼職的，還沒有完全被職業化。這有許多好處，作家經歷使他們對其他作家作品有獨特而細緻的瞭解，這使他們能夠發現和感受到一般職業編輯難以體察到的藝術精微之處和創作甘苦，這樣的藝術眼光是其他職業編輯不具備的。魯迅、茅盾、葉聖陶、巴金、鄭振鐸、靳以等既是現代著名作家，也是現代的著名編輯。魯迅把一生中的許多精力都用來為別人看稿、改稿和校稿，他書信中的很大一部分就是在討論書稿的編輯工作，包括封面的設計、插圖、版式、用紙、字體、裝訂、目錄的位置和版權頁的設計等，魯迅都非常精心細緻，不厭其煩地為他人作了嫁衣裳。章靳以一生參與編輯了 10 多種刊物，如《文叢》、《水星》、《文學季刊》、《文學月刊》、《文群》、《現代文藝》、《文藝叢刊》、《中日作家》、《文藝》、《小說》和《收穫》等。

　　現代文學編輯具有文學的獻身精神和創新意識，善於發現和扶持青年作家，《小說月報》的葉聖陶就是代表。巴金的處女作《滅亡》和丁玲小說《夢珂》的發表，都是葉聖陶做的編輯。葉聖陶對戴望舒的《雨巷》的發現和肯定也是大家熟知的例證。葉聖陶在商務印書館幹了 11 年，負責《小說月報》的編輯工作。丁玲曾經感歎「碰到了一個好編輯」，她的四篇小說《夢珂》（《小說月報》第 18 卷第 12 號）、《莎菲女士的日記》（《小說月報》第 19 卷第 2 號）、《暑假中》（《小說月報》第 19 卷第 5 號）、《阿毛姑娘》（《小說月報》第 19 卷第 7 號）都被葉聖陶刊發在《小說月報》的頭條，還

主動給丁玲寫信，介紹把 4 篇小說合成小說集《在黑暗中》，交給他自己參與編輯的開明書店出版。這對丁玲簡直是「鼓勵大得很」，她由衷地感歎「真是碰到了一個好編輯」[1]。巴金對葉聖陶也心存感激，他說：「倘使葉老不曾發現我的作品，我可能不會走上文學的道路，做不了作家，也很有可能我早已在貧困死亡」，「我甚至覺得他不單是我的第一本小說的責任編輯，他是我一生的責任編輯」，「作為編輯，他發表了不少新作者的處女作，鼓勵新人懷著勇氣和信心進入文壇」，「他以身作則，給我指出為文為人的道路」[2]。這是初學者對編輯發出的最真誠的聲音，也是一個編輯對另一個編輯最知心的對白。如果沒有葉聖陶的慧眼識珠，沒有他不以名分、資歷論文學成敗的眼光，哪有丁玲和巴金等作家的出現和成長的可能？至少也要困難得多。巴金自己在做了文化生活出版社的總編輯以後，也十分注重發現新作者，出版文學精品，吸收、包容百家之長，體現了真誠而執著的編輯家風範。蕭乾曾經稱自己的編輯生涯是「文學保姆」，「一個文學刊物的成就，主要不是看它發表過多少資深作家的文章，而是看它登過多少無名的」作家作品，所以，在 30 年代，他做了 7 年的《大公報》「文藝副刊」編輯，「為新人新作提供園地」[3]。不斷扶持文學新人，在編輯方式上大膽創新，不斷改革辦刊方式，如創辦「刊中刊」，邀請梁宗岱主編《大公報》「文藝副刊」中的「詩特刊」，黃源主編《譯文》等。這既保證了刊物品質，力避形式的呆板和枯燥，又培養了文學新編輯。

---

[1]　丁玲：《丁玲自傳》，江蘇文藝出版社，1996 年，第 65 頁。
[2]　巴金：《致〈十月〉》，《大公報》（香港），1981 年 8 月 8 日。
[3]　蕭乾：《蕭乾文學回憶錄》，華藝出版社，1992 年，第 69 頁。

現代編輯具有開放的現代意識和敏銳的藝術感覺,善於發現具有藝術特點和創新精神的作家作品。現代文學的編輯並沒有一個畢業於編輯專業,他們都是知識的雜家,熱心於文學事業。編輯與作家是平等的,編輯與作家,作家與作家之間常以吃飯的方式約縞和交流。現代作家的寫作有掙稿費的打算,有成名的欲望,有製造話語權力的目的,現代文學編輯多把文學作為一項文化事業,他們也有製造文學話語的欲望,並創造出一個又一個「流行」和「時尚」的文學思潮。

二、文學的審查制度

　　菲舍爾・科勒克說過:「無一社會制度允許充分的藝術自由。每個社會制度都要求作家嚴守一定的界限」,「社會制度限制自由更主要的是通過以下途徑:期待、希望和歡迎某一類創作,排斥、鄙視另一類創作。這樣,每個社會制度就──經常無意識、無計畫地──運用書報檢查手段,決定性干預作家的工作。」[4]就文學與社會的關係而言,沒有絕對自由的文學,它要受制於社會制度的約定。文學創作的自由追求與社會制度的規定之間存在著相當大的矛盾,社會制度時常想規範文學,它採用文學批評、文學獎勵等激勵制來引導文學創作,也採取批評(批判)和檢查制度來抑制文學寫作,干預作家的工作。書報檢查是現代中國的文化制度,它意在控制人們的思想和社會意識形態,社會的政治和階級矛盾越突出,意識形態的控制也就越嚴密,文學生產也越來越受到文化的審查和查

---

[4]　菲舍爾・科勒克:《文學社會學》,張英進、于沛:《現當代西方文藝社會學探索》,海峽文藝出版社,1987年,第38頁。

封[5]。現代社會越來越開放，但社會權力並沒有完全消失，而是成為一種隱形制度滲透在社會的各個領域和意識層面。福柯（Michel Paul Focault）從知識與權力角度深入闡釋了在現代人的身體和書寫背後所隱藏的體制性力量。

在人類的思想文化背後往往有著強大的體制力量，出版法就是一例。就是早在 1709 年，英國就有了版權法。1794 年德國版權法首先出現在普魯士的《國家通用法》中。中國的版權觀念早在宋代就有了萌芽，到了 1901 年出現的《大清律例》，其中有對「造妖書妖言」的規定，它是中國最初的報紙法律，「《蘇報》案」的處理就引用了該律例。1906 年，大清頒佈了《大清印刷物專律》。1914 年，袁世凱制定並頒佈了《出版法》，它共有 23 條，其中第 11 條規定，凡文書圖畫有下列各款情事之一者，不得出版：（1）淆亂政體者；（2）妨害治安者；（3）敗壞風俗者；（4）煽動曲庇犯罪人、刑事被告人，或陷害刑事被告人；）（5）輕罪、重罪之預審案件未經公判者；（6）訴訟與會議事件之禁止旁聽者；（7）揭露軍事、外交及其他官署機密之文書圖畫者，但得該官署許可時，不在此限；（8）攻訐他人隱私、損害其名譽者。並且還規定凡違反規定而出版的文書圖畫，須沒收其印本和印牌，屬「淆亂政體」和「妨害治安」者，除沒收以外，還要處著作人、發行人和印刷人以 5 年有期徒刑或刑拘。該法律 1926 年 1 月 29 日被廢除。淆亂政體、妨害治安還可以與出版沾上邊，敗壞風俗則純粹是一個非常道德化的說法。這個《出版法》也是五四新文學的文化背景，當時的

---

[5]　現代文學制度與現代政治、經濟生活之間擁有緊密聯繫，與國民黨的文化政策、文學制度之間也有複雜聯繫。國民黨文學制度的成功與失敗之處，也是值得認真檢討和研究的。

《胡適文存》、《獨秀文存》和周作人的《自己的園地》都曾被禁止銷售。[6]

　　20 年代由於社會結構的解體與更替，政治利益集團的變化與紛爭，文學相對獲得了一定的自由生長空間。30 年代中國的社會文化環境日趨殘酷和險惡，文學的政治意識，如階級意識和政黨意識非常明顯，受經濟利益的控制和影響也非常突出。《文學季刊》1935 年 12 月 16 日在出了第 2 卷第 4 號就停刊，鄭振鐸撰寫了《告別的話》，說明社會「環境卻不許它繼續存在下去」，蕭乾撰寫了《悼〈文學季刊〉》，「擺在我們眼前是一冊《文學季刊》便是它臨終的呼息了，環著壽床，它的讀者們對於這個突兀的夭折到底有怎樣的感覺呢？」他認為它不該死，「讀者需要它」，「要強，求好」，「推崇創作」，「逼它夭折的仍是那一隻大手，掐了它的脖項」。他提出希望：「我們惟有希望作者們自身設法擺脫資本的仰賴，共謀出版自立化」[7]。鄭振鐸主要說的是政治原因，蕭乾強調的則是經濟原因。

　　1932 年 11 月，國民黨中央執行委員會增訂 1929 年國民黨中央宣傳部制定的《宣傳品審查條例》為《宣傳品審查標準》，把宣傳分為「適當的宣傳」、「謬誤的宣傳」和「反動的宣傳」。認為維護國民黨的「主義」、「政策」、「決議」和「策略」為「適當的宣傳」，「曲解」、「誤解」和「詆毀」國民黨的主義、政綱、政策和決議的被看作是「謬誤的宣傳」，「宣傳共產主義及鼓動階級鬥爭者」，「宣傳無政府主義，國家主義、及其他主義，而有危害黨國之言論者」，

6　阮無名：《新文學初期的禁書》，張靜廬：《中國現代出版史料》甲編，中華書局，1954 年，第 50-54 頁。

7　蕭乾：《悼〈文學季刊〉》，天津《大公報・文藝》1936 年 9 月 13 日。

「詆毀」國民黨的「主義政綱，政策，及決議」、「政府之設施」，以及「淆亂人心」等等都被當作「反動的宣傳」。並且規定「謬誤者糾正或訓斥之」，「反動者查禁查封或究辦之」[8]。國民黨的政治專制逐漸擴散到對整個文化思想領域的控制，進步文學、左翼文學受到了國民黨專制政策的嚴密監視和查禁。1930 年 12 月 15 日，南京國民政府又頒佈了《出版法》，分「總則」、「新聞紙及雜誌」、「書籍及其他出版品」、「出版品登載事項之限制」、「行政處分」和「罰則」共 6 章，它加強了對文化出版的登記、審查和限制，並規定了嚴厲的處罰措施，如行政「處分」、經濟「罰款」和「拘役」等[9]。

　　有了所謂的「出版法」，文學就有了被禁止、被審查的所謂「依據」，文學家也就有被拘役的危險，同時，文學家也在審查中發明和創造了生存與發展的策略和智慧。魯迅曾說過：「現在，在中國，無產階級的革命的文藝運動，其實就是惟一的文藝運動。因為這乃是荒野中的萌芽，除此之外，中國已經毫無其他文藝。屬於統治階級的所謂『文藝家』，早已腐爛到連所謂『為藝術的藝術』以至『頹廢』的作品也不能生產，現在來抵制左翼文藝的，只有污蔑，壓迫，囚禁和殺戮；來和左翼作家對立的，也只有流氓，偵探，走狗，劊子手了。」「禁期刊，禁書籍，不但內容略有革命性的，而且連書面用紅字的，作者是俄國的，……也都在禁止之列。」[10]1947 年，

8　張之華：《中國新聞事業史文選》，中國人民大學出版社，1999 年，第 524 頁。
9　《中國年鑒》第四卷，團結出版社，1998 年，第 3142-3144 頁。
10　魯迅：《黑暗中國的文藝界的現狀》，《魯迅全集》第 4 卷，人民文學出版社，1981 年，第 285-286 頁。

光未然在《蔣介石絞殺新聞出版事業的真象》一文裡，把國民黨的文化審查制度描述為七道「關卡」：「殘酷的登記制度」；「野蠻的審查制度」（「壓」、「扣」、「刪」、「改」）；「嚴密的印刷統制」；「刻毒的紙張統制」；「橫暴的發行統制」；「奸險的郵運統制」；「罪惡的閱讀統制」。如果適當拋開作者在特定時代使用的情感修飾語，會發現國民黨的文化審查制度已經對現代中國文化，包括文學織成了一張嚴密的控制網，文學和文化都成了網中的魚，產生了強大的文化專制和威懾作用。在這樣的文化「統制」之下，「出版物的品質只能日益低落，作家的寫作慾望只能一天天地枯萎，讀者大眾只能得到貧乏的，甚而是有毒的精神食糧。」[11]它規定：「凡民間出版的新聞紙、雜誌、期刊、圖畫等，都必須事先把文稿送到一定的審查機關去審查，竟審查蓋章或發給審查證後，方得付印和發賣。如果是報紙上的電訊和稿件，便送到新聞審查處去審查，如果是圖書雜誌一類的稿件，便送到圖書雜誌審查處去審查，如果是劇本，還要由戲劇審查委員會和圖書雜誌審查處共同審查。這些審查機關都直屬於國民黨中央宣傳部，在各省市都有分處或分會。」[12]真可謂是層層關卡，層層屏障，新聞、文化和文學的生存空間也就非常逼仄的了。這不僅限制了文化和文學的創造，也剝奪了讀者自由閱讀的權利。「內戰時期，青年們因閱讀新文化讀物，或者僅僅因了被發現一本紅封皮的小說，便被指為赤黨而喪了性命，是很常有的事。抗戰以後直到現在，青年們閱讀進步書報還是有罪的。在學校、機

---

11 光未然：《蔣介石絞殺新聞出版事業的真象》，張靜廬：《中國現代出版史料》丙編，中華書局，1956 年，第 93-94 頁。
12 光未然：《蔣介石絞殺新聞出版事業的真象》，張靜廬：《中國現代出版史料》丙編，中華書局，1956 年，第 92 頁。

關、部隊、工廠,在特務勢力統制所及的機構裡,青年因偷閱書報而被警告,被告發,被申斥,被禁閉,被開除,被毆打,被送往集中營受苦,乃是習見不怪的事。色情的,神怪的,荒唐的讀物可以讀,正當的書報被禁止,怕的青年們一旦睜開眼來看世界。」[13]說到底,一切文化檢查都是控制讀者對社會環境和生存世界的熟悉和瞭解,統制出版也就控制了資訊的流通,控制了讀者,從而達到控制社會、控制文化的目的。

這也就是現代中國文學的生存狀態。

茅盾曾就「一九三四年的文化『圍剿』和反『圍剿』」做過詳實的記錄和回憶,描述了 30 年代進步文學在國民黨文化審查制度下的生存智慧。國民黨上海市黨部要查禁生活書店出版的《生活》週刊和《文學》月刊,提出如果要繼續出版的條件,一是不採用左翼作品,二是為民族文藝努力,三是稿件送審。《文學》從第 2 卷開始不得不把稿件送審,「每期稿子要經過他們特派的審查員的檢查通過,才能排印」,果然,《文學》第 2 卷第 1 期在送審過程中就被抽去了巴金的小說《雪》、歐陽山的《要我們歡歡也好》和夏征農的《恐慌》,並把巴金在「新年試筆」欄中的一篇文章的名字改為「比金」。茅盾自己以筆名「惕若」發表的一篇文章則沒有看出來,冰心一篇文章也沒有被查出來。由此可見,「檢查老爺對文學其實一竅不通,他檢查的本領就是辨認作者的姓名,凡犯忌的名字,不管文章內容如何,一律抽去。」第 2 期第一批送審 10 篇,又被抽去一半。《文學》雜誌編輯改被動為主動,採取不斷變換筆

---

13 光未然:《蔣介石絞殺新聞出版事業的真象》,張靜廬:《中國現代出版史料》丙編,中華書局,1956 年,第 99 頁。

名的策略，同時策劃連續出版了「翻譯」、「創作」、「弱小民族文學」和「中國文學研究」等 4 期專號，用外國文學和傳統文學的翻譯和研究，逃避國民黨的文化審查，同時也可借他人酒杯澆自己心中塊壘，說出不能直接說的話。

1934 年被稱為「雜誌年」，恰恰在這一年，國民黨的文化審查更加嚴密。該年的 2 月，國民黨上海市黨部奉國民黨中宣部之命查禁了進步文學 149 種，牽涉到作家 28 人，如魯迅、郭沫若、茅盾、田漢、丁玲、巴金、馮雪峰等，經過作家和書店老闆的鬥爭，後解禁了 59 種，並對其中部分作品做了刪改。從 1929 年到 1936 年間，國民黨中宣部斷斷續續還查禁了文學作品 309 種，有蔣光赤的作品 12 部，幾乎包括他出版的所有小說，有魯迅作品 8 部（包括翻譯），有郭沫若作品 11 部。其中也包括張資平的《時代與愛的歧路》、穆時英的《南北極》等。生活的壓力，國民黨的審查，使作家們「既要革命，又要吃飯，逼得大家開動腦筋，對抗敵人的文化『圍剿』，於是，有各種辦法想了出來：化名寫文章；紛紛出版新刊物；探討學術問題；展開大眾語、拉丁化問題的討論；再就是翻譯介紹外國文學。」[14]變著法子找對策，國民黨的圖書雜誌審查委員會在威風一陣子後，逐漸變得黔驢技窮，成了「過街老鼠」，在「《新生》事件」後被撤職。

1932 年 12 月 1 日，《申報》副刊《自由談》改版，由從法國巴黎回國的黎烈文做編輯。他把在中國上流社會和小市民手裡的「必備之物」搶了過來，變成了左翼作家的雜文陣地，被魯迅稱為

---

[14] 茅盾：《我走過的道路》（中），人民文學出版社，1984 年，第 235 頁。

是「從敵人那裡奪過一個陣地來」[15]魯迅和茅盾曾在一段時間長期給它提供稿件。茅盾說：「從一九三二年十二月二十七日起，我以平均每月六篇的數目，向《自由談》供稿，到一九三三年五月十六日，已經寫了二十九篇。」[16]魯迅和茅盾的大量寫稿引起了國民黨的警覺，1924 年 11 月，《自由談》老闆史量才被國民黨暗殺。延續兩年的《自由談》革新，被茅盾認為「在中國現代文學史上應當大書一筆」，他把它也稱為是奪來的「陣地」，「大膽運用了公開合法的鬥爭方式」，「推動了雜文的發展」，「引來了雜文的全盛時期」[17]。

鄒韜奮從 1926 年到 1933 年主編《生活》7 年，發行量達 15.5 萬份，創下了當時我國雜誌發行的最高記錄。1932 年 7 月，國民黨下令郵局對《生活》實行「禁郵」。蔣介石把《生活》合訂本上批評政府的地方都用紅筆劃了出來，說：「批評政府就是反對政府，絕對沒有商量的餘地！」鄒韜奮則表示「我的態度是頭可殺，而我的良心主張，我的言論自由，我的編輯主權，是斷然不受任何方面任何個人所屈服的。」10 月 22 日，他在《生活》週刊上說：「所要保全的是本刊在言論上的獨立精神——本刊的生命所靠托的唯一的要素。倘本刊在言論上的獨立精神無法維持，那末生不如死，不如聽其關門大吉，無絲毫保全的價值，在記者亦不再作絲毫的留戀。」1933 年 12 月 8 日，國民黨政府以「言論反動，思想過激，誣謗黨國」的罪名下令封閉《生活》週刊。12 月 16 日，最後一期《生活》（第 8 卷第 50 期）發表了鄒韜奮在一年多前就準備好的

---

[15] 茅盾：《我走過的道路》（中），人民文學出版社 1984 年，第 180 頁。

[16] 茅盾：《我走過的道路》（中），人民文學出版社，1984 年，第 179 頁。

[17] 茅盾：《我走過的道路》（中），人民文學出版社，1984 年，第 189 頁。

《與讀者諸君告別》。現摘錄下來，由此可見當時進步雜誌的抗爭精神。

> 「記者所始終認為絕對不容侵犯的是本刊在言論上的獨立精神，也就是所謂報格。倘須屈服於干涉言論的附帶條件，無論出於何種方式，記者為自己的人格計，為本刊報格計，都抱有寧為玉碎，不為瓦全的決心。記者原不願和我所敬愛的讀者遽爾訣別，故如能在不喪及人格及報格的範圍內保全本刊的生命，固所大願，但經三個月的掙扎，知道事實上如不願拋棄人格報格便毫無保全本刊的可能，如此保全本刊實等於自殺政策，決非記者所願為，也不是熱心贊助本刊的讀者諸君所希望於記者的行為，故毅然決然聽任本刊之橫遭封閉，義無反顧，不欲苟全。
>
> 總之本刊同人自痛遭無理壓迫以來，所始終自勉者：一為必掙紮奮鬥至最後一步；二為寧為保全人格報格而絕不為不義屈。現在所受壓迫已至封閉地步，已無繼續進行之可能，我們為保全人格報格計，只有聽其封閉，決無遷就屈服之餘地。」[18]

40 年代的文化出版因社會時局的大變化而顯得更為活躍，同時受到的文化審查和人身迫害更加殘酷、可怕。武漢淪陷的前後，國民黨政府還適當放寬了稿件送審制度。1941 年 1 月，國民黨政

---

[18] 鄒韜奮：《與讀者諸君告別》，張之華：《中國新聞事業史文選》中國人民大學出版社，1999 年，第 400 頁。

府在重慶成立了一個中央圖書雜誌審查委員會，主任委員是國民黨中央宣傳部副部長潘公展，專門負責審查國統區出版發行的圖書雜誌。在僅僅半年多時間裡，他們就查禁了 961 種書刊[19]。鄒韜奮在自傳《抗戰以來》裡以長達 9 節的篇幅生動地敘述了與審查老爺們的糾纏，並對審查老爺們對文學和社會科學的「貢獻」有過分析和說明。他說審查「老爺們高興怎麼辦」就「怎麼辦」，辦刊者任他們巧立名目，任意扣留、刪改稿件，還必須「絕對服從」審查老爺的「命令」。與他們講理，他們的回答是「你和我講理沒有用！只有處於平等地位的彼此才可以講理，我是主管機關，我說怎麼辦就要怎麼辦。你和我是不平等的，你不能和我講理！」[20]文化審查不僅僅是一種文化制度，而是如福柯所說的政治權力。鄒韜奮稱他們是「整個政治未改善的情況下的寄生蟲」，審查老爺對送審內容可以任意實施「刪除」、「修改」和「扣留」，這並不是什麼文字或文學的問題，而有「政治上的意義」[21]。

對文學的審查，無論在方法上，還是審查水準都令人啼笑皆非。如歐陽山的小說《農民的智慧》中凡有「地主」的字眼都被塗掉，沙汀的小說《老煙的故事》被刪改了多處，其中有「現在救國無罪，你怕什麼呢？」，被審查者刪改後，換成「這裡又不是租界，你怕什麼呢？」。鄒韜奮由此對中國文學的生存「環境」有了這樣的「深思」：「好的文藝創作是多麼辛勤培成的，但卻遭到這樣殘酷的蹂躪，真可為中國文藝一哭！」[22]解放後的沙汀把被刪掉的又還

---

[19]　張靜廬：《中國現代出版史料》丙編，中華書局，1956 年，第 173-238 頁。
[20]　鄒韜奮：《經歷》，三聯書店，1978 年，第 192 頁。
[21]　鄒韜奮：《經歷》，三聯書店，1978 年，第 204 頁。
[22]　鄒韜奮：《經歷》，三聯書店，1978 年，第 198 頁。

原為「『現在怕什麼哇？』他回答道。『老子救國！……』」[23]曹禺
的戲劇《蛻變》最初在重慶的《國民公報》上發表時也遭到檢查機
構的任意刪改。

　　禁書、焚書在歷史上有過，國外也不另外。菲舍爾‧科勒克認
為：「書報檢查制度的存在本身就已經改變了創作、書價和讀者社
會結構」[24]，儘管茅盾感到「人為的取締刊物是徒勞的」[25]。但不
得不承認，報刊檢查與統制對社會資訊的交流與共用，文化的創造
與建設，對文學的創作與閱讀都有著明顯的壓制和阻遏作用，對讀
者的閱讀也有相當的控制作用。現代文學在一個充滿文學檢查的世
界裡不斷尋求生長和發展的可能性，不斷創造意義的合法性。國民
黨的書報檢查採用了禁止寫作、禁止出版、強令改寫、逮捕和暗殺
等手段，對帶有明顯政治傾向的左翼作家，更是從文學檢查上升到
作家的逮捕和暗殺，讓作家閉口，失去自由，乃至生命，它對整個
中國現代文學都產生了相當大的影響。

　　沈從文有些書生氣地認為：「禁書問題」是「國人把文學對於
社會的用處，以及文學本身的能力，似乎皆看得過於重大了些。」[26]
事實上，禁書本身並不是對文學看輕看重的問題，而是知識與權
力、文學與政治的關係問題。出版審查是政治專制和精神專制的產
物，「有這個制度在，有所謂標準與尺度在，編書作稿的人去送一

---

[23]　《沙汀短篇小說選》，人民文學出版社，1978 年，第 130 頁。

[24]　菲舍爾‧科勒克：《文學社會學》，張英進、於沛：《現當代西方文藝社會學
　　　探索》，海峽文藝出版社，1987 年，第 37 頁。

[25]　茅盾：《我走過的道路》（中），人民文學出版社，1984 年，第 179 頁。

[26]　沈從文：《禁書問題》，《沈從文文集》第 12 卷，花城出版社，1992 年，第
　　　327 頁。

回審，蓋個『審訖』的圖記，精神上就受著極嚴重的迫害。」[27]有壓制就有反抗，有禁止就有對自由的嚮往，有審查也就有反審查。事物往往相伴而生。1932 年，以商務印書館、中華書局、開明書店等 49 家出版單位向國民黨政府發出廢除出版法的「請願書」，他們以「尊人權而裨文化」的眼光，認為檢查、禁止、扣押和處罰出版物的《出版法》，為「束縛出版自由，阻遏文化事業之法令」[28]。1945 年，昆明文化界發表爭取出版自由「宣言」，要求國民黨當局宣佈在 10 月 1 日起「廢除新聞檢查制度」，取消「新聞壟斷政策」，「取消郵電書報檢查」，尊重文化人的人身自由，言論自由，保障人民有批評以及反對政府的權利」[29]。1946 年，北平、上海、廣州、成都雜誌界聯誼會也發表了為抗議摧殘言論出版發行的「自由宣言」和「緊急呼籲」。在 1946 年的政治協商會議召開前夕，重慶陪都文藝界、上海雜誌界、華北解放區文化界和華中華北文化界和以開明書店、大學印書局等 35 家出版業紛紛發表了「致政治協商會議電」，要求「實現思想、創作、言論、出版的自由，廢除一切檢查、送審制度，不得有任何威逼、利誘、恐嚇、迫害行為。」[30]難能可貴的是，在這個文化的專制時代，文學始終以反叛和抗爭姿態爭得了自己的生存地位，盡可能地創造了自由的精神空間。現代的文化審查制度為我們考察和理解文學意義的發生機制提供

---

27 葉聖陶：《我們不要圖書雜誌審查制度》，張靜廬：《中國現代出版史料》丙編，中華書局，1956 年，第 75 頁。

28 張靜廬：《中國現代出版史料》丁編（上、下），中華書局，1959 年，第 413 頁。

29 張靜廬：《中國現代出版史料》丙編，中華書局，1956 年，第 71-72 頁。

30 《華北解放區文化界致政治協商會議電》，張靜廬：《中國現代出版史料》丙編，中華書局，1956 年，第 130 頁。

一個獨特視角，如果沒有這樣的文化專制與規約，現代中國文學會不會出現另一番景象？歷史不能改變，只能設身處地去理解和解釋。

三、文學的獎勵機制

文學獎勵是一項文化政策，也是文學生長、發展的制度性力量，也會對文學產生激勵機制。文學獎勵的形式多種多樣，有政府獎勵和民間獎勵，雜誌社同仁的獎勵和個人的獎勵等等。嚴格說來，現代中國對文學的獎勵機制還沒有真正建立起來，既不成型也不完善。在上一節，我們討論了現代文學所受到的嚴密審查和監督，但是，可以說現代文學並沒有完全納入現代國家的控制，文學是現代中國最活躍的一股文化力量。因此，國家的文學獎勵機制還沒有建立起來，社會的經濟處境也相當困難，社會對文學的關心與獎勵還沒有形成力量。

對現代文學創作真正產生深遠影響的文學獎勵，主要還是稿費制度的建立，關於這一點，我們在前面第二章有所涉及。可以說，它改變了現代作家的生活方式、思想態度和人生觀念，極大地刺激了作家的創作欲望，基本滿足了他們的生活需求，在一定程度上，為作家堅持人格的獨立和思想的自由提供了物質基礎和生活空間。

以雜誌社為代表的民間獎勵也有一定的影響，尤其是對那些未出名的作家，或者是生活處在極端困難的作家有著顯著的作用。比如 1936 年的「《大公報》文學獎」。它為了紀念復刊 10 周年而舉辦了「大公報文藝獎金」，同時還舉辦了「大公報科學獎金」。《大公報》創刊於 1902 年 6 月，在經營上屬於民間性質，辦刊理念信奉

自由主義，以「公平、理性，尊重大眾，容納異己」[31]為思想原則。「文學獎金」由蕭乾主持，他出面邀請了楊振聲、沈從文、朱自清、巴金、靳以、李健吾、朱光潛、葉聖陶、林徽因和凌叔華等人擔任評獎委員會，評委們沒有在一起碰頭開會，都是由蕭乾以通信方式聯繫，根據各個評委的意見，從中協調處理。經過評委初評，小說獎是蕭軍的《八月的鄉村》，戲劇獎為曹禺的《日出》，散文獎為何其芳的《畫夢錄》。但蕭軍認為自己是左翼作家，拒絕接受有自由主義傾向的《大公報》的獎勵。1937 年 5 月，公佈了最終評獎結果，小說獎是蘆焚的《穀》、散文獎是何其芳的《畫夢錄》、戲劇獎為曹禺的《日出》。

評委們對三個作品和作者做了一個概括性的評價，認為曹禺和《日出》的貢獻是：「他由我們腐爛的社會層裡雕塑出那麼些有血有肉的人物，貶斥繼之以撫愛，直像我們這個時代突然來了一位攝魂者。在題材的選擇，劇情的支配以及背景的運用上，都顯示他浩大的氣魄。這一切都因為他是一位自覺的藝術者：不尚熱鬧，卻精於調遣，能透視舞臺的效果。」《穀》和作者蘆焚的成就是：「他和農村有著深厚的關係。用那管糅合了纖細與簡約的筆，生動地描出這時代的種種騷動。他的題材大都鮮明親切，不發凡俗，的確創造了不少真摯確切的人型。」《畫夢錄》和作者何其芳的創造性表現在：「在過去，混雜於小品中間，散文一向給我們的印象多是信手拈來的即景文章而已。在市場上雖曾走過紅運，在文學部門中，卻常為人輕視。《畫夢錄》是一種獨立的藝術製作，有它超達深淵的

---

[31] 蕭乾：《自由主義者的信念》，《1949 以前的大公報》，山東畫報出版社，2002 年，第 206 頁。

情趣。」[32]這些評價非常精練、準確，偏重於對作家和作品藝術性的審美分析。這與評委們的思想傾向和審美愛好是一致的，也合乎《大公報》的自由主義思想立場。

在評獎以後，《大公報》還組織了社會力量對三位元青年作家的其他作品進行了評論。這次「文學獎」的獎金並不多，三人平分一千元，但事情卻辦得持重而嚴肅，善始善終，擴大了文學獎在社會上的影響，對三位青年作家而言，更是激勵了他們的寫作，提升了他們在社會上的知名度。作為評獎的尾聲，林徽因還編選了一本《大公報小說選》，並為它寫了「題記」，稱這些小說在藝術上已達到相當高的水準，「通篇的連貫，文字的經濟，著重點的安排，顏色圖畫的鮮明」，「作品最主要處是誠實。誠實的重要還在題材的新鮮，結構的完整，文字的流麗之上。」[33]

總的說來，現代文學設置的文學獎，數量不多，品質也都不是最佳，在作家和讀者心目中，文學獎的地位也不是很高。加上社會政治原因，國民黨政府的文學獎勵帶有鮮明的政治意識色彩，文學史都幾乎把它們否定了。1941 年，陳銓創作了四幕劇《野玫瑰》，它從一個獨特的角度表現了抗日戰爭時期特務與漢奸、暗殺與情仇的複雜鬥爭；在藝術上，也吸收了西方佳構劇方法，劇情和人物有傳奇色彩和浪漫情調。在 40 年代的重慶、昆明和桂林等城市被多次公演，以後還被改編成了電影《天字第一號》，在社會上產生了一定的影響，獲得過國民黨政府教育部學術審議會的獎勵。但遭到了重慶戲劇界進步作家聯名致函的抗議，以後的現代文學史也再很少提到它。

---

[32] 參見馮並：《中國文藝副刊史》，華文出版社，2001 年，第 337 頁。
[33] 林徽因：《文藝叢刊小說選題記》，《二十世紀中國小說理論資料》（第 3 卷），北京大學出版社，1997 年，第 404 頁。

現代文學還建立了一種獨特的文學獎勵機制，那就是為作家舉辦生日。古代文人也有為生日寫詩，應酬唱和，但大都限於親朋好友之間的自娛自樂，帶有私人性質。有能力將生日做成大事乃至全國性事件的大概只有皇帝一人，除皇帝以外，將生日作為社會事件加以利用炒作的多半是政客之士。他們利用個人的生日，達到拉幫結派，扶植親信，操縱政局，擴大影響的目的。

　　在現代中國，社會媒介和團體為作家舉辦生日則有相當特殊的意義。以《小說月報》、《晨報》副刊和《語絲》為調查對象，在1932年以前，在這三本刊物上，幾乎沒有對現代作家生日的介紹，也不用說藉生日做文章了。在這之後，作家的生日則逐漸浮出地表，像政治家的生日一樣，被當作了一個文學事件來看待，脫離了古代文人生日的私人性，而走向了社會公共性。這裡，我們僅以1941-1945年間的重慶文藝界為郭沫若、老舍和茅盾三位作家的生日及其創作周年所舉辦的紀念活動為例，討論在文學家的生日活動背後所隱含的制度性意義及其獎勵機制。

　　1941年11月16日，郭沫若50壽辰，從事文學創作生活25周年；1944年，老舍從事文學創作20周年；1945年12月4日，茅盾50壽辰，從事文學工作25周年。圍繞他們三個人的生日和創作周年，當時的重慶文藝界舉行了種種紀念性活動，僅在《抗戰文藝》上就發表了20篇文章，在《新華日報》等報刊上也發表了許多紀念性文章。此外，還舉辦了茶話會、紀念會、紀念專刊等各種各樣的紀念活動，參與人員涉及黨政機關代表和幾乎所有在渝的進步作家。以如此龐大的宣傳陣勢公開介入作家的生日和創作周年紀念活動，個人私事成了社會公事。顯然有謀事者的意圖在裡面，在現代文學史上，除魯迅的「周年祭」外，還沒有其他人享受這樣的待遇。

就事件本身而言，是為了紀念 3 位作家的創作生涯，但從發表的紀念文章來看，則未必如此。它們大都從非創作角度來評價他們的成就，更偏重於對他們做政治定位和道德總結。從紀念文章的題目就可見一斑，《振聾發聵的雷霆》（鹿地亙）、《火之頌》（潘子農）、《我所認識的沫若先生》（冶秋）、《茅盾先生印象記》（陳白塵）、《感謝和期待》（邵荃麟）、《我與老舍與酒》（臺靜農）、《光輝工作二十年的老舍先生》（茅盾）等。

對於郭沫若，馮玉祥用一句話點了題，那就是「紀念郭沫若，要學習郭先生」。「第一是郭先生的革命精神」，「第二是郭先生的忠心為國」，「第三是郭先生永遠的和青年們在一起，他不失『赤子之心』，永遠領導著青年們為祖國的解放事業奮鬥不息」。[34]潘公展則說了勉勵和希望，「郭先生還要多寫些反映勞苦人民生活的詩篇，也要郭先生在當前蓬勃的民主運動中，發出有力的民主號角。」[35]周恩來認為郭沫若與魯迅不同，「既沒有在滿清時代做過事，也沒有在北洋政府下任過職，一出手他已經在『五四』前後。」所以他們有著「異常不同的比重」[36]。兩廂對照，「郭先生在革命的文化生活中最值得提出的三點」——「豐富的革命熱情」、「深邃的研究精神」和「勇敢的戰鬥生活」。

對於老舍，茅盾以評論家的身份指出「在老舍先生的嬉笑怒罵的筆墨後邊，我感得了他對於生活的態度的嚴肅，他的正義感和溫

---

[34] 楊庚：《詩筆燦爛的二十五年——郭沫若先生創造生活二十五年茶會記》，《新華日報》1941 年 11 月 17 日。

[35] 楊庚：《詩筆燦爛的二十五年——郭沫若先生創造生活二十五年茶會記》，《新華日報》1941 年 11 月 17 日。

[36] 周恩來：《在重慶郭沫若五十壽辰和創作生活二十五周年慶祝會上的講話》，《新華日報》1941 年 11 月 16 日。

暖的心，以及對於祖國的摯愛和熱望。」並號召大家「對於老舍先生的為文藝為民族的神聖解放事業而獻身的努力，表示無上的敬意。」[37]關於茅盾的創作紀念，《新華日報》發表社論認為，「反封建、反帝國主義——爭民主、爭自由便成了這一個時代的中國知識份子的中心思想和鬥爭目標。而茅盾先生辛勤工作了二十五年的心血也就集注在這個偉大的任務上面。」[38]柳亞子直言不諱地宣稱：「作為文藝家，要的是政治認識。『有所為』是對政治的認識，『有所不為』是對政治的操守，沒有操守，思想就反動落後，對民族無一點好處。茅盾先生就是『有所』與『有所不為』的作家。」[39]。

不論是生日紀念，還是創作周年紀念，都是對「過去」的回憶和總結。對郭沫若、老舍和矛盾的紀念活動，其用意除了對 3 位作家進行文學定位和道德評價外，更主要的是為了確立新文學的精神血脈和傳統，把他們作為文學和道德楷模，在現實中產生指導性意義。如說郭沫若，「當七七的炮聲一響，郭先生便拋了妻兒，和十年研究的寶貴成果返國。這種對民族、對祖國的熱愛，是特別值得青年們效法的。」[40]說老舍，「一個作家能夠長期堅持他的工作，不因利誘而改行，不因畏難而擱筆，始終為著發揚與追求真理、正義而努力，在任何情況下，總要盡可能說出自己要說的話——這樣的作家是應該獲得全社會的尊重的，老舍先生正是這樣的一個作

---

[37] 茅盾：《光輝工作二十年的老舍先生》，《抗戰文藝》1944 年 9 月 9 卷 3、4 期合刊。

[38] 《中國文藝工作者的路程》，《新華日報》1945 年 6 月 24 日。

[39] 《中國文藝工作者的路程》，《新華日報》1945 年 6 月 24 日。

[40] 楊庚：《詩筆燦爛的二十五年——郭沫若先生創造生活二十五年茶會記》，《新華日報》1941 年 11 月 17 日。

家。」[41]「如果沒有老舍先生的任勞任怨,這一件大事——抗戰的文藝家的大團結,恐怕不能那樣順利迅速地完成,而且恐怕也不能艱難困苦地支撐到今天了。」[42]「在舍予自己,甚至在創作本身上也是願意為了大的目的而委曲地趨附的。」[43]

中國自古就有道德文章並重的傳統,對作家進行政治定性實際上也是變相的一種道德分析,普羅文學和左翼文學出於文學觀念而對作家進行「政治評議」,也有集團利益的需要。以作家生日和創作周年紀念活動的形式做政治定性分析,並不出於集團利益,也不是文學觀念差異。參與者有軍界和政界,左翼人士與非左翼人士,寫實派與非寫實派,可謂五花八門。他們或出於私人交誼,或出於社政治同謀,或出於藝術的真誠,積極參與到這場「生日大宴」,將個人生日變成具有社會公共性質的文化事件,將原本最具個人性的文學變為可以操作的文學活動,文學進入到意識形態的控制之下,代表文學傳統的「典型形象」也就被創造出來。

中國傳統創造了一套生日文化,它包涵著豐富的道德哲學和生命哲學。現代文學中的作家生日和創作周年紀念活動,則主要是為了塑造文學家形象,形成了文學輿論導向。從而達到引導作家創作和文學生產的目的。

---

[41]　《作家的創作生命——賀老舍先生創作二十周年》,《新華日報》1944 年 4 月 17 日。
[42]　茅盾:《光輝工作二十年的老舍先生》,《抗戰文藝》1944 年 9 月 9 卷 3、4 期合刊。
[43]　胡風:《祝老舍先生創作二十周年——在文協第六屆年會上的時候》,《抗戰文藝》1944 年 9 月 9 卷 3、4 期合刊。

| 第八章 |

文學的接受與反應

一、從作家到讀者本位

　　讀者的接受與反應是文學生產過程中重要的一環，現代接受美學和闡釋學對它的意義做了充分的分析和肯定。文學讀者也是文學史敘述的一條重要線索，它對作家創作和文學形式都有獨特的影響。朱光潛從文學讀者角度分析了中國文學從傳統到現代的演變，他認為：「讀者群變了，作者的對象和態度也隨之而變了。二千年來中國文學在大體上是宮廷文學……這是一個進身之階，讀書人都藉此獲祿取寵，所以寫作的對象是一般看報章雜誌的民眾，作者與讀者是平等人，彼此對面說話……文學從此可以脫離官場的虛驕饞媚，變成比較家常親切，不擺空架子；尤其重要的是從此可以在全民族的生活中吸取滋養與生命力。」[1]從帶有貴族性質的讀書人到社會的普通民眾，中國文學的讀者發生了變化，它與中國作家的身份和文學形式的變化都是相互關聯的。

---

[1]　朱光潛：《現代中國文學》，《朱光潛批評文集》，珠海出版社，1998 年，第165 頁。

現代作家有著鮮明的讀者本位意識，重視讀者的反應和讀者群的變化。魯迅說過：「文學，原是以懂得文字的讀者為對象的，懂得文字的多少有不同，文章當然要有深淺。」[2]可以說，魯迅的寫作擁有一定的自娛成分，但是，讀者的接受一直是魯迅寫作的出發點和前提，他對為何寫作，為誰寫作有著非常清醒的認識。在他看來，「文學雖然有普遍性，但因讀者的體驗的不同而有變化，讀者倘使沒有類似的體驗，它也就失去了效力。」文學作品「因讀者的社會體驗而生變化」，而「非永久」，把文學說作是永久的，那不過是「做夢的人們的夢話」[3]。「偏愛我的作品的讀者，有時批評說，我的文字是說真話的。在其實是過譽，那原因就因為他偏愛。我自然不想太欺騙人，但未嘗將心裡的話照樣說盡，大約只要看得可以交卷就算完。」[4]因為魯迅非常在意自己作品對社會和讀者所造成的影響，所以，他才不得不說話有所保留，採用話不說盡的寫作方式。「毫無顧及說話的日子」對魯迅而言是一種文學理想，讀者的接受與社會的寬容程度難以達到與他同樣的高度。

在理論上，他贊同文學的「大眾化」，文學應該被社會大眾閱讀。但中國有著不同的文學環境，文學讀者是分層而多樣的。他認為一個讀者應該具備三個條件，「讀者也應該有相當的程度。首先是識字，其次是有普通的大體的知識，而思想和情感，也須大抵達到相當的水準線。否則，和文藝即不能發生關係。若文藝設法俯就，

---

[2]　魯迅：《「徹底」的底子》，《魯迅全集》第 5 卷，人民文學出版社，1981 年，第 510 頁。

[3]　魯迅：《看書瑣記》，《魯迅全集》第 5 卷，人民文學出版社，1981 年，第 531 頁。

[4]　魯迅：《寫在〈墳〉後面》，《魯迅全集》第 1 卷，人民文學出版社，1981 年，第 283 頁。

就很容易流為迎合大眾，媚俗大眾。迎合和媚俗，是不會於大眾有益的。」在中國受教育的機會不平等，讀者的文學欣賞水準參差不齊，這就出現了「有種種難易不同的文藝，以應各種程度的讀者之需」。可以為「大眾能鑒賞文藝的時代」多做「準備」，但「要全部大眾化，只是空談」[5]。能「識字」是文學閱讀的前提，具備「普通的大體的知識」則是理解文學的關鍵，具有相當的「思想和情感」則是產生文學共鳴的條件。文學讀者一般不可能是一字不識的農民，也不可能是那些雖然認識字但卻缺乏普通的社會常識和思想情感的大多數人。在這樣的認知背景之下，於是，魯迅的寫作就少了迷狂，少了自大，多了自覺，多了一份認真。可是，現代中國自晚清開始就出現了對文學做虛擬化的拔高設計，如提倡文學救國論、文學大眾化，都帶有相當多的想像性成分。

茅盾的文學觀也考慮到了讀者的接受因素。在《從牯嶺到東京》裡，他認為：「一種新形式新精神的文藝而如果沒有相對的讀者界，則此文藝非萎枯便只能成為歷史上的奇跡，不能成為推動時代的精神產物。」他認為革命文藝把讀者對象定位在「被壓迫的勞苦群眾」，不過是虛擬的想像的產物，事實是，勞苦大眾不能懂得革命文藝的「歐化或文言的白話」。於是，出現了虛擬的讀者與真實讀者的結果。「你的『為勞苦群眾而作』的新文學是只有『不勞苦』的小資產階級知識份子來閱讀了。你的作品的對象是甲，而接受你的作品的不得不是乙；這便是最可痛心的矛盾現象。」他提出「我們也該有些作品是為了文學現在事實上的讀者對象而作的」。在文

5　魯迅：《文藝的大眾化》，《魯迅全集》第 7 卷，人民文學出版社，1981 年，第 349 頁。

學讀者層面,使文學還原為真實。文學讀者有二重性,理想的與真實的,虛擬的與事實的,一個出於作者的想像,一個存在於社會空間。茅盾認為,20 年代文學讀者主要是「小資產階級」,準確地說,五四「新文藝」的讀者主要還是「青年學生」,「革命文藝」則需要從「青年學生中間出來走入小資產階級」,「走到小資產階級市民的隊伍去」,「在這小資產階級群眾中植立了腳跟」。並在文學方法上應有所改變,「不要太歐化,不要多用新術語,不要太多了象徵色彩,不要從正面說教似的宣傳新思想」[6]。這裡,茅盾從文學讀者對象的變化,認為從「新文藝」到「革命文藝」的轉變,實際上就是從「學生」讀者到「市民」讀者的變化。讀者的不同,文學創作方法,包括語言技巧都所變化。

在巴金心目中,讀者地位很高。他明確認識到:「我的文章是直接訴於讀者的,我願它們廣闊地被人閱讀,引起人對光明愛惜,對黑暗憎恨。我不願意我的文章被少數人珍藏鑒賞。」[7]這也是所有作家創作的願望。他有過一句名言:「把心交給讀者」,他說:「讀者的信就是我的養料」,「絕不能由我自己一個人說了算,離開了讀者,我能夠做什麼呢?我怎麼知道我做對了或者做錯了呢?我的作品是不是和讀者的期望符合呢?是不是對我們社會的進步有貢獻呢?只有讀者才有發言權。」[8]讀者既是作品的發言人,也是作家在物質上的支撐者,「作家靠讀者養活」,「作為作家,養活我的是讀者」[9]。

---

[6] 茅盾:《從牯嶺到東京》,《小說月報》第 19 卷第 10 號,1928 年 10 月 10 日。

[7] 巴金:《靈魂的呼號》,《大陸雜誌》第 1 卷第 5 期。

[8] 巴金:《把心交給讀者》,《巴金論創作》,上海文藝出版社,1983 年,第 530 頁。

[9] 巴金:《作家靠讀者養活》,《巴金全集》第 14 卷,人民文學出版社,1990 年,第 435 頁。

葉聖陶的文學觀相信文學是人心的交流。他認為：「文藝有一種極大的勢力，就是打破人與人的隔膜，團眾心而為大心」,「文藝如流水，最易普及，人們接近文最為便利。有真切動人的文藝，則作者與讀者之心，讀者與讀者之心，俱因此而融合。或在天之涯，或在地之角，行跡隔離，曾不足以阻精神之交流。」[10]沈從文也有同樣的看法，「今古相去那麼遠，世介面積那麼寬，人心與人心的溝通與連接，原是依賴文學的。」[11]他感到「現在的讀者對象和從前不同了。從前的作者寫東西，或者想藏之名山，傳之於人，或者給同道的文人看看。現在是要給更廣大的群眾看了。為顧到讀者起見，就得寫純粹的語體。」[12]因此，他覺得新文學的讀者面太窄，數量太少，「照現在的情形，新文學運動止限於一部分雜誌和報紙。以中國人民之眾，而和那些雜誌報紙接觸的人止是個很小的數目，此外能讀書報而不願和那些接觸的一定遠過於接觸的。而不能讀書報，天然不會接觸的，更是個最大的數目，只差不到全數。若長此以往，則創作譯述的人無論任何努力，產生的文學無論如何高尚完美，結果還是一小部分人的事，就全體而言，終不得成為愛好文學的民族。全民族的人生活動要進化，豐富，高尚，愉快……文學就是重要原力之一。」[13]沈從文的使中國成為「愛好文學的民族」，

10　葉聖陶：《文藝談‧26》，《葉聖陶論創作》，上海文藝出版社，1982 年，第50 頁。

11　沈從文：《給志在寫作者》，《沈從文文集》第 12 卷，花城出版社，1992 年，第 109 頁。

12　葉聖陶：《寫作漫談》，《葉聖陶論創作》，上海文藝出版社，1982 年，第164 頁。

13　葉聖陶：《文藝談‧38》，《葉聖陶論創作》，上海文藝出版社，1982 年，第68 頁。

不過是文人一廂情願的想像而已，很難實現。即使達到了，那又會怎樣？成為一貫「文學中國」？中國傳統文化本身就含有相當多的「文學」、「道德」成分，它使中國文化越來越趨向個人化和內心化，失去了向外發展的張力。當然，沈從文以文學代替經典的意圖，則令人肅然起敬。

他還認為「中國現代詩正面臨一道關隘：即傳遞與欣賞」[14]，在作者的表達、傳遞和讀者的閱讀、欣賞之間出現了相互脫節的困難，如何在表達的「淺」與「晦」，通俗和晦澀裡，實現詩的傳遞和讀者欣賞的統一，則是現代新詩創作需要考慮的問題。於是，他建議新文學應該追求文學的通俗化、淺明化，文學形式的多樣化。

現代作家把文學讀者納入了創作欲求，具有自覺而清醒的文學讀者意識。現代報刊更加重視社會讀者，建立了「文學與讀者」的緊密關係。文學與讀者的關係問題實際上是文學與社會的關係問題，它們的關係越緊密，表明文學與社會關係越密切。傳統文論的「發乎情，止於禮義」、「載道」、「言志」和「意境」等詩論，它們多從作者、文本角度立論，對讀者的接受機制卻有些忽略了。傳統文學強調文學的語言學和倫理學意義，卻缺乏從文學與社會市場角度建立文學的接受機制和運行市場。現代中國文學則從文學與社會、文學與審美角度確立文學的運行機制，建立文學制度。讀者的接受機制也是其中重要的一個環節。

現代報紙和雜誌時時考慮到社會的需求和讀者的反應，文學期刊也設立了讀者資訊回饋專欄。現代傳媒擴大了文學讀者面，文學

---

[14] 沈從文：《新廢郵存底‧27》，《沈從文文集》第 12 卷，花城出版社，1992年，第 78 頁。

的專業性質被逐漸淡化，文學工作不再需要專業培訓，現代作家的教育背景大都不是文學專業，文學讀者也可以成為文學的寫作者，文學成為了全社會的公共財富，甚至在文學生產者與接受者之間的界限也變得越來越模糊不清。

《小說月報》設立了「讀者來信」欄目，負責刊登讀者來信及摘要，並做出答覆。來信涉及文學創作、編輯風格和文壇現象諸種情況。文學研究會的編輯沈雁冰、鄭振鐸等給來信做了回答，在編輯與讀者，刊物與讀者之間進行坦率的交流，真誠地對話，確立了一種平等對話，真誠關懷的聯繫。《新青年》從創刊到 1922 年的第 9 卷第 6 號也闢有「通信」欄或「讀者論壇」，有通信和議論 360 餘封（篇），平均每期有讀者來信 4 封（篇）[15]。讀者來信多討論社會問題和思想文化問題，也討論文學問題。對文學革命中的途徑、方法、措施提出了不同的看法，如有讀者提出文學革命與倫理革命應相伴而行，「文學革命當與道德革命雙方並進，蓋國人之道德既趨於誠實之途，則對於種種花言巧語自認於道德有虧，必力避之，人人有此自覺心，則文學革命可收事半功倍之效矣。」[16]也有人就語言變革提出了看法：「欲改革文學，莫若提倡文史分途，以文言表美術之文，以白話表實用之文。」[17]並且還提出教育體制與語言改革應該同步，「改革的起點，當在大學。大學裡招考的時候，當然說一律要做白話文字（或者先從理工兩科改起，文科暫緩），那麼中等學校有革新的動機，也就可以放膽進行了。那豈

---

[15] 唐沅等：《中國現代文學期刊目錄彙編》（上），天津人民出版社，1988 年，第 1-33 頁。

[16] 張護蘭：《致陳獨秀》，《新青年》第 3 卷第 3 號，1917 年 5 月 1 日。

[17] 常乃德：《致獨秀》，《新青年》第 2 卷第 4 號，1916 年 12 月 1 日。

不是如『順風行舟』很便利的法子麼？」[18]在教育改革中實現文學語言變革，使文學變革具有社會體制的支援，可以保證文學變革更為有效。

設置「通信」和「讀者論壇」，加強了刊物和讀者的聯繫，重要的是擴大了刊物在社會上的影響，使刊物上的論題得到社會的積極回應，無論是反對還是贊同，只要讀者有回饋，刊物的意圖也就達到了。魯迅積極參與討論並提出了建議，「《新青年》裡的通信，現在頗覺發達。讀者也都喜看。但據我個人意見，以為還可酌減：只須將誠懇切實的討論，按期登載；其他不負責任的隨口批評，沒有常識的問難，至多只要答他一回，此後便不必多說，省出紙墨，移做別用。」[19]

30 年代《開明》雜誌也開闢有「讀者的意見」專欄。《大公報》的副刊《文藝》也設立有占半版篇幅的《讀者與編者》，蕭乾把它作為討論問題的「圓桌」。讀者來信多，影響也很大。1933 年 7 月創刊的《文學》，從第 3 卷第 1 號起也開設了「讀者之聲」專欄，讀者分別就《文學》所刊載的創作和翻譯的作品發表自己的看法。《文學》的編者由衷地感到：「我們很欣喜我們的讀者當中有這樣奮鬥著求智識的青年，並且希望這樣的讀者一天天的增多，使我們這刊物能夠多給他們一點幫助。」[20]

有了讀者，文學也就有了社會市場。文學作品應讀者而生，順讀者而動，不斷迎合讀者的需要，文學出現了世俗化，平民化傾向，

---

[18] 盛兆雄：《致胡適》，《新青年》第 4 卷 5 號，1918 年 5 月 15 日。
[19] 魯迅：《渡河與引路》，《魯迅全集》第 7 卷，人民文學出版社，1981 年，第 35 頁。
[20] 《文學》第 3 卷第 1 號。

當然也避免不了粗製濫造。文學讀者有不確定性，對它的過分依賴也在一定程度上限制了作家精神的獨立性和想像的自由。這也是應該引起注意的。

二、青年學生與中國現代文學

現代作家的職業化與讀者的大眾化是現代文學的兩大特點。關於「大眾化」，現代文學曾有過多次討論。大眾傳播媒介就以社會大眾為目標，現代白話文的推行也體現了文學的大眾化。就文學讀者的大眾化，現代文學常有浪漫的想像，事實上，現代文學讀者主要還是社會市民和青年學生兩大讀者群。大眾讀者不過是作家的理想，並不是一種文學現實，儘管現代文學發生過多次關於「大眾化」的討論，每當人們反思和檢討文學作用，常不自覺地回到文學大眾化的討論，從五四文學的「文學的國語、國語的文學」到 30、40 年代對文學大眾化的價值訴求，落腳點都在文學如何能被社會大眾讀者所接受，發揮更大的作用。

新文學讀者的數量少，來源面狹窄，需要培養，這也是令新文學作家焦心的事。茅盾清醒地意識到了這一點，他說：文學讀者「正當的文藝鑑賞力，至少要遲十年始得養成。文藝的普遍發達，一要有作者，二要有讀者；中國目下果然缺乏作者，而尤缺乏讀者。中國的作者界就是讀者界。『不過他們自己做這些東西的，買幾本看看』，這句雖是反動派譏笑的話，但是頗有幾分近乎實情。中國今日一般民眾，毫無文學的鑑賞力，所以新文學尚沒有廣大的讀者界；要養成一般群眾的正則的欣賞力，本來不是一朝一夕所可成

功，或者要比產生一個大作家還困難。」[21]新文學有過「作者界就是讀者界」的實情，這讓我們對新文學影響力的估計應該有所保留。培養文學讀者需要十年時間，甚至比培養作家還困難，這也表明新文學讀者的普及與擴大也是 30 年代的事了。

事實上，新文學讀者的主體還是青年學生和市民大眾，主要還是青年學生。茅盾自己也有真切的的感受，「新文藝已經有了十多年的歷史，十年以來，新文藝的作品出產了不少，讀者有一年一年在增多，但是新文藝的讀者依然只是知識份子和青年學生，新文藝還不能多深入大眾群中。」他感到「我們的作品，只能傳達到知識份子，這也就是我們文藝工作者最大的失敗。」[22]儘管茅盾與其他作家一樣，都把新文學只對青年學生產生了影響而深感不足，認為新文學應該發揮更大的社會作用。對此，魯迅比較客觀，在他看來，「中國文字如此之難，工農何從看起，所以新的文學，只能希望於好的青年。」[23]「我們的勞苦大歷來只被最劇烈的壓迫和榨取，連識字教育的佈施有得不到，惟有默默地身受著宰割和滅亡。繁難的象形字，又使他們不能有自修的機會。智識的青年們意識到自己的前驅的使命，便首先發出戰叫。」[24]在一定意義上，可以說新文學的思想啟蒙之所以能夠實現，就是因為它能夠準確地把文學讀者定

[21] 茅盾：《文學界發動運動》，《茅盾文藝雜論集》上集，上海文藝出版社，1981年，第 168-169 頁。

[22] 茅盾：《文藝大眾化問題》，《茅盾文藝雜論集》下集，上海文藝出版社，1981年，第 694 頁。

[23] 魯迅：《致曹聚仁》，《魯迅全集》第 12 卷，人民文學出版社，1981 年，第 184 頁。

[24] 魯迅：《中國無產階級革命文學和前驅的血》，《魯迅全集》第 4 卷，人民文學出版社 1981 年，第 282 頁。

位在青年學生和知識份子身上，這既合乎客觀實際又恰如其分，它使新文學發揮了所能發揮的作用。魯迅自己的作品也都屬於青年學生，他為「青年」而寫作，有關他寫作的「黑屋子」寓言就是證明。茅盾也認為：「現在熱心於新文學的，自然多半是青年，新思想要求他們注意社會問題，同情於『被損害者與被侮辱者』。」[25]他的《蝕》、《虹》等小說探討了青年人的命運和出路，顯然也是為青年人而創作的。

晚清以來，傳統士農工商社會結構發生了極大變化[26]。在中國的被殖民化過程中，商人階層和知識份子階層逐漸成為社會的兩大重要力量，知識份子被邊緣化，邊緣知識份子轉向現代思想文化的構建，新興知識份子——青年學生群體逐漸成為現代中國思想啟蒙和社會革命的新生力量。毛澤東同志認為：「數十年來，中國已出現了一個很大的知識份子群和青年學生群。在這一群人中間，除去一部分接近帝國主義和大資產階級並為其服務而反對民眾的知識份子外，一般地是受帝國主義、封建主義和大資產階級的壓迫，遭受著失業和失學的威脅。因此，他們有很大的革命性，他們或多或少地有了資本主義的科學的知識，富於政治感覺，他們在先現階段的中國革命中常常起著先鋒的和橋樑的作用。」[27]青年學生既是現代社會革命的先鋒和橋樑，也是現代文學讀者的重要力量。

---

[25] 茅盾：《自然主義與中國現代小說》，《茅盾文藝雜論集》（上），上海文藝出版社，1981年，第90-91頁。

[26] 參見羅志田：《權勢轉移：近代中國的思想、社會與學術》，湖北人民出版社，1999年。

[27] 毛澤東：《中國革命與中國共產黨》，《毛澤東選集》合訂本，第6-7頁。

中國教育制度的改革，新式學校教育的規模化和制度化，培養了大量的青年學生（包括國外留學生）。青年學生是現代中國最活躍的力量，他們是現代文明和進步、青春和激情的代表，既有鮮明的精英意識和先鋒意識，也有強烈的歷史感和社會責任感，偏愛一切新鮮的、時髦的、刺激的事物，對社會和傳統始終抱有不斷變革的思想，崇尚反叛與革命。因此，青年學生的閱讀一般傾向於：（1）批判社會、反思歷史的智慧讀物，（2）傾訴的、情感的、剖析性的文學讀物，（3）新鮮的、時髦的流行讀物。

　　新文學的誕生以青年學生作為接受對象，它成為新文學變革的重要力量，並形成了新文學追求個性和創新、關懷社會和感傷抒情的藝術風格。從文體看，現代新詩和現代話劇主要是以青年學生為讀者群。沈從文認為：「郭沫若詩以非常速度佔領過國內青年的心上的空間。徐志摩則以另一意義，支配到若干青年男女的多感的心，每日有若干年青人為那些熱情的句子使心跳躍，使血奔竄。」[28]從文學社團看，文學研究會、創造社、湖畔詩社、彌灑社、淺草社、象徵詩派、太陽社、《中國新詩》詩人群等社團，它們的文學觀念、文學活動都帶有鮮明的青年文化特點。[29]

　　創造社是其中的代表，它的文學活動和文學創作都是以青年學生為中心，並創造了現代青年文化[30]。創造社的創作受到了五四青年學生的喜愛，「當時所標榜的種種改革社會的綱領到處都是碰

---

[28] 沈從文：《論聞一多的〈死水〉》，《沈從文文集》第 11 卷，花城出版社，1992年，第 147 頁。

[29] 楊洪承：《文學社群文化形態論》，安徽文藝出版社，1998 年，第 45 頁。

[30] 王富仁：《創造社與中國現代社會的青年文化》，《靈魂的掙紮》，時代文藝出版社，1993 年，第 170-200 頁。

壁。青年的智識分子不出於絕望逃避，便是反抗鬥爭。這兩種傾都是啟蒙文學真所沒有預想到的。創造社幾個作家的作品和行動正適合這些青年的要求。創造社所以能夠獲得多數的擁護者也是這個緣故。」[31]創造社成員本身就是一幫青年，他們在作品裡表現青年人的苦悶、感傷和反抗情緒，他們的作品出版以後被多次重印。倪貽德的《東海之濱》，1936 年 3 月初版至 1931 年 5 也出了 5 版，共印 9500 冊（光華書局），《靈鳳小說集》，1931 年 6 月初版，到 1934 年 4 月，已出 4 版，共印 7000 冊（現代書局），張資平的《愛之焦點》也多次被再版。郭沫若、田漢和宗白華的《三葉集》論詩、愛情和人生，1920 年 5 月由上海亞東圖書館出版，立即在青年讀者中引起強烈反響，多次再版，成了當時的暢銷書。

　　「創造社叢書」也一炮打響，他們在廣告裡宣稱：「本叢書自發行以來，一時如狂飆突起，頗為南北文人所推重，新文學史上因此而不得不劃一個時代」[32]。「《創造週報》一經發表出來，馬上就轟動了全社會，每逢星期天的下午，四馬路泰東書局的門口，常常被一群一群的青年所擠滿，從印刷所剛搬運來的油墨未幹的週報，一堆又一堆地為讀者搶購淨盡，訂戶和函購的讀者也陡然增加，書局添人專管這些事。」[33]1925 年 9 月，創造社把《洪水》週刊改為《洪水》半月刊。周全平在《這一周年的洪水》裡說《洪水》雖然沒有一個標準的主義，但卻遵奉了一貫的原則，那就是「傾向社會主義和尊重青年的熱情」。《洪水》的發行量日漸猛增，從第一卷第

---

[31]　鄭伯奇：《中國新文學大系・小說三集・導言》，《中國新文學大系導論集》，上海書店，1982 年，第 159 頁。

[32]　《創造》季刊第 1 卷第 4 期，1923 年 2 月 1 日。

[33]　鄭伯奇：《二十年代的一面》，1942-1943 年重慶《文壇》第 1-2 卷。

1 期到第 12 期，訂戶從五十增到六百，印數從一千增到三千。《洪水》第一卷，三十多萬字，第二卷，四十多萬字，讀者來稿在一百萬字以上。後來《洪水》被泰東書局以軍閥戰起，經濟緊張為由停刊，這使創造社同仁開始籌辦出版部，1926 年 3 月，讀者和著作者等籌集股金創辦了創造社出版部。

創造社之所以能產生文學的轟動效應，因為它滿足了青年學生的願望。「當時的青年們剛從舊禮教的旗幟下解放出來，正都深刻地感覺性的苦悶，對於郁達夫、張資平等充滿浪漫氣息的戀愛小說，可謂投其所好，遂都表示熱烈的歡迎，同時他們也歡迎郭沫若、王獨清的熱情橫溢的詩歌，成仿吾的大膽潑辣的批評。創造社擁有這樣多受青年歡迎的作家，所以他們聲勢凌駕同時的各種各學團體以上，實在也是無怪其然的。」[34]

茅盾也認為：「創造社的主張頗有些從者」，並進一步分析其原因，「何以故？因為那時期正是『彷徨苦悶』的時期，因為那時侯『五卅』的時代尚未到臨，因為那時期創造社諸君是住在象牙塔里！因為『苦悶彷徨』的青年的變態心理是需要一些感情主義，個人主義，享樂主義，唯美主義，權當一醉。『五卅』時代的尚未到臨，創造社諸君之尚住在象牙塔里，也說明瞭當時宣傳著感情主義，個人主義，享樂主義，唯美主義的創造社諸君實在也是分有了當時普遍的『彷徨苦悶』的心情。」[35]沈從文也認為創造社「在作品方向上，影響較後的中國作者寫作的興味極大，同時，解放了讀

---

[34] 史潭：《記創造社》，上海《文友》半月刊第 1 卷第 2 期，1943 年 6 月 1 日。

[35] 茅盾：《讀〈倪煥之〉》，《茅盾選集》第 5 卷，四川人民出版社，1985 年，第 130 頁。

者的閱讀興味。」[36]「張資平的作品，給了年青人興奮和滿足，用作品揪著了年青人的感情，張資平的成就，也可說成為空前的成就。儼然為讀者而有所製作，故事的內容，文字的幽默，給予讀者以非常喜悅，張資平的作品，得到的『大眾』，比魯迅作品還多。」郁達夫的作品所傳達的感傷和苦悶，也「存在於中國多數年青人生活裡，一時不會抹去」[37]。

三、社會市民與中國現代文學

市民階層是中國文學的老讀者，中國傳統小說就擁有自己的市民讀者傳統。中國的市民群體與西方不同，中國市民有獨立的欣賞口味，也有濃厚的傳統氣息，他們與傳統宗法文化有著千絲萬縷的血緣聯繫。40 年代上海的文學刊物的讀者主要是市民階層。無論是作品的美學追求，還是刊物的欄目編排，都體現了濃厚的市民意識。刊物刊載的內容，除了文學作品以外，還有鳥獸蟲魚、幕後風光、科學小品、醫學解剖、地方通訊、風俗獵奇、史地常識、人生信箱等。文學與社會知識雜陳，欄目駁雜，應時而變。

市民群體也是現代中國文學的讀者之一。現代中國隨著農村經濟的破產帶來人口流動的加快，城市的工業化也推動市民階層的擴大，尤其是以上海、北京為中心的城市知識份子逐漸成為現代城市市民的主體，它們可能就成為現代文學的重要讀者。鴛鴦蝴蝶派就

---

[36] 沈從文：《論中國創作小說》，《沈從文文集》第 1 卷，花城出版社，1992年，第 170 頁。

[37] 沈從文：《論中國創作小說》，《沈從文文集》第 1 卷，花城出版社，1992年，第 171 頁。

是「大眾趣味的製造者」[38]，它培養了自己的市民讀者群。它的文學觀以「遊戲」、「消遣」和「娛樂」為創作宗旨，追求「雅俗共賞凡閨秀學生商界工人無不咸宜」[39]。鴛鴦蝴蝶派小說以言情、武俠、黑幕和歷史等為題材，以章回小說為基本形式，迎合了社會市民的普遍心理和欣賞習慣。在一般情況下，社會結構發生變化，社會的主流意識也隨之發生變化，但社會普通大眾的心理結構卻常保持相對的穩定，人們的心理和愛好仍保持著相當濃厚的傳統記憶。鴛鴦蝴蝶派就投合了社會市民讀者的閱讀心理，它充分利用現代都市的生活空間，讓文學成為滿足人們的消遣心理的手段。文學成為社會大眾的消費品。哈貝馬斯說過：「隨著文化批判的公眾轉變成文化消費的公眾，以往區分於政治公共領域的文學公共領失去了其獨有的特性。大眾傳媒普及『文化』其實是一種整合文化：它不僅整合了資訊和批判，將新聞形式和心理文學的文學形式整合成以人情味為指導原則的娛樂和『生活忠告』。」[40]哈貝馬斯這裡所說的大眾文化有著工業社會或後工業社會背景，鴛鴦蝴蝶派顯然沒有這樣的社會背景，它把文學的貴族化和道德化下降為平民化和世俗化，實現文學的娛樂性功能。

張恨水曾是鴛鴦蝴蝶派代表作家之一，他的創作就帶有鮮明的市民特點。他瞭解市民大眾的文化趣味、藝術愛好和接受水準，採用講故事的傳統筆法和章回小說技巧，關注人的倫理道德問題，結合文學副刊特點和市民讀者心理，滿足讀者的閱讀趣味。他的《啼

---

[38] 沈從文：《郁達夫張資平及其影響》，《沈從文文集》第 11 卷，花城出版社，1992 年，第 142 頁。

[39] 《〈小說畫報〉短引》，《小說畫報》第 1 號，1917 年 1 月。

[40] 哈貝馬斯：《公共領域的結構轉型》，學林出版社，1999 年，第 200 頁。

笑因緣》在《新聞報》的副刊《快活林》上連載，影響很大，以後被 6 次改編為電影。

老舍對中國現代文學的一大貢獻，就是發現和創造了現代中國的市民形象，他依靠獨特的文學表達方式，主要是為了把故事講得生動活潑而設置和安排的結構、語言和藝術技巧，爭取了大量的社會市民讀者，擴大了新文學的讀者群。

張愛玲的創作擁有穩定的市民讀者群，她的寫作從題材、主題到表現方式都考慮到與社會市民的接近。她的小說讀者主要是社會市民，與她所處的那個轟轟烈烈的時代保持著相當距離。她的作品沒有啟蒙與革命、民族與國家等宏大主題，多的是亂世中普通男女的小恩小怨，舊式家庭內部的糾葛紛爭。小市民瑣碎平凡的日常生活。她的眼光始終投向世俗生活的方方面面，不厭其煩地描述人們的衣食住行。這些恰恰是張愛玲自己的追求，她認為：「時代的紀念碑那樣的作品，我是寫不出來的，也不打算嘗試」，「我發現弄文學的人向來是注重人生飛揚的一面而忽視人生安穩的一面，其實，後者正是前者的底子」，「我甚至只是寫男女間的小事情，我的作品裡沒有戰爭也沒有革命，我以為人在戀愛的時候是比在戰爭或革命的時候更素樸也更放恣的」[41]。

她把文學定位在「俗」上，「我對於通俗小說一直有一種難言的愛好」[42]，「我一直從小就是小報的忠實讀者，它有非常濃厚的生活情趣，可以代表我們這裡的都市文明」[43]，「我是熟讀《紅樓

---

[41] 張愛玲《自己的文章》，《張愛玲文集》第 4 卷，安徽文藝出版社，1994 年，第 175 頁。

[42] 張愛玲：《不了情‧前記》。

[43] 《納涼會記》之發言，載 1944 年 8 月《雜誌》。

夢》，但是我同時也曾熟讀《老殘遊記》、《醒世姻緣》、《金瓶梅》、《海上花列傳》、《歇浦潮》、《二馬》、《離婚》、《日出》。」[44]可以說，張愛玲的創作經驗主要就來自於他對傳統市民文學和通俗小說的閱讀。但她並不是完全為了迎合讀者而炮製一個個已被嚼爛了的通俗故事，他的目的非常明確，那就是「將自己歸入讀者群中去，要什麼就給他們什麼，此外在多給他們一點別的，作者可以儘量給他們所能給的，讀者儘量拿他們所能拿的。」[45]她深信讀者的理解力，因此，她把自己所能給的都毫不吝惜地傾倒了出來，於是，她的小說成了誰都可以讀懂的小說，儘管懂得的深度不同，不同的「深度」便來自於她所說的那「一點別的」。她「喜歡素樸」，喜歡「從描寫現代人的機智與裝飾中去襯出人生的素樸的底子」[46]這「樸素的底子」就是普遍而永恆的人性，就是「飲食男女」，就是人最基本的生存欲望和本能需求，就是日常世界的婚戀、家庭的事業。

但是，張愛玲的小說在一個平常而普通的生活事件背後，常隱含著深刻的哲學，這使她的創作又能滿足青年學生的閱讀期待。《封鎖》就是一個簡單的故事，但卻揭示了日常生活中人性的悖論。在一輛封鎖的電車裡，日常生活的河流暫時被阻斷，呂宗楨和吳翠遠這兩個好人卻意外的碰撞出了「愛」的火花，在有形的封鎖下，人性的另一面卻被開啟，當封鎖被解除，他們又恢復到了日常狀態，日常的河流載著他們繼續向前走去，敞開的人性也就自動關閉。一切都像「做了一個不近情理的夢」，瞬間就消失了。張愛玲卻在這極為短暫的一瞬裡發現日常生活的「深意」，在封鎖中，人性開放

44　《女作家座談會》，1944 年 4 月《雜誌》。

45　張愛玲：《論寫作》，《張愛玲文集》第 4 卷，第 82 頁。

46　張愛玲：《自己的文章》，《張愛玲文集》第 4 卷，第 176 頁。

了，日常生活的開放，卻帶來了人性的無形封鎖。但是，在日常生活突然停滯的狀態下，人性真的就自行開放了嗎？宗楨與翠遠之間發生的這段「豔遇」值得再次回味。呂宗楨為了躲避董培芝這個乘龍快婿而不得不換了座位，他的行為卻引起了翠遠的誤解，她以為他是有所企圖，呂宗楨不過是為了氣氣太太，將計就計對身邊這個並無性別魅力的女人展開了調情，他的行為加深了翠遠的誤解，讓她彷彿真正進入到戀愛狀態。呂宗楨從翠遠的臉紅和微笑中發現了他自己作為一個男子的魅力，於是，他開始在這場意外的「戀愛」事件中傾訴苦衷，傾吐他的愛意，其實，他內心知道自己根本不可能愛上翠遠這樣的女人。因此，整個調情的過程，他的行為都充滿了表演性質，一種急迫表達自己的自說自話的表演，以至於後來，封鎖解除後，在他回到了日常生活狀態，呂宗楨記得最清楚的不是他「戀愛」過的吳翠遠——「她的臉已經有些模糊，那是天生使人忘記的臉」，而是他自己曾經說過的話。他和她之間的戀愛似乎就在這樣的喜劇中展開，又這樣平淡地結束了。事實上，在「日常生活」這一無形的封鎖被解除的情況下，他們依然無法完全實現真正的理解和溝通。張愛玲以一種切斷日常生活的方式為她筆下的人物提供了一個卸下面具走向溝通的機會，但是他們依然各說各的，各想各的，戀愛中的交流不過成了一種自我表演和想像，人物還是處在各自封閉的孤獨狀態裡。

這讓我們真實地感受到一個可怕的事實：日常生活對人帶來的強大而無形的約束和壓抑，已經使人喪失了實現相互交流和理解的能力。它制約和影響了人的生存方式乃至思維模式，人即使處在開放的狀態中也不自覺地沿襲著日常生活的慣性，這才是日常生活對人的真正封鎖，它的可怕之處在於：它不僅是一種物質形式，更是

對人的精神的滲透與塑造。到底是什麼導致了日常生活的荒謬？張愛玲以她獨特的眼光對現代文明發出質疑。在她看來，文明與生命相對立，文明規範著人的種種行為，使一切合理化，創造出光鮮整潔的社會秩序；同時，文明又對人性的本真面目帶來巨大的壓抑，讓人為了「要去適應過高的人性的標準」而學著做人，而「『做』字是創造，摹擬，扮演，裡面有吃力的感覺」[47]。究其實質，文明是對人的一種訓練，經過了訓練的東西，必然不再是它本身所具有的東西，而人性則是人的生命本性，因此，文明確立的「好」東西不一定就是人性中的「真」東西。應該說，小說《封鎖》裡的呂宗楨和吳翠遠都是日常生活中的好人，但卻不是真的人，他們與真實的生命隔了一層。張愛玲曾經說道：「生命像聖經，從希伯萊文譯成希臘文，從希臘文譯成拉丁文，從拉丁文譯成英文，從英文譯成國語。翠遠讀它的時候，國語由在她腦子裡又譯成上海話，那未免有點隔膜。」[48]

　　《封鎖》講述的故事表面上看是通俗而市民化的，但骨子裡則屬於個人的、先鋒的，屬於青年學生閱讀的對象。同一個作品，常有著不同的文化層次和社會階層的讀者，不同讀者會理解到一個文本不同的內容和意義。同樣如此，一個作家的讀者也可能會因時間和對象的不同而不同，有著多樣性和不可測性。老舍作品的讀者有青年學生，也有社會市民。比如錢鍾書的小說《圍城》，青年學生喜愛它，社會市民也能從中看見自己的生活。就一個時代的文學而言也是如此，它的讀者常常變化不定，只能推算說出閱讀群體和閱

---

[47] 張愛玲：《中國人的宗教》，《張愛玲文集》第 4 卷，第 122 頁。
[48] 張愛玲：《封鎖》，《張愛玲文集》第 1 卷，安徽文藝出版社，1994 年，第 100 頁。

讀趨勢，不可能完全做到數量化和具體化。中國現代文學在作者、文本和讀者的關係上，以社會讀者為本位，盡可能地實現文學創作社會效果的最大化，但作家的歷史經驗、生命感受與精神欲求都可能受到了讀者興趣的抑制。一個顯著的事實是，只關心讀者的作家，如果忽視對自我生命、歷史現實和文化意味的沉潛把玩，最終也要失去永久的文學讀者。

現代文學讀者無論是它的數量還是品質都存在問題。文學讀者面的相對狹窄，讀者的新文學素養的缺乏，以及幾千年來所形成的古典文學閱讀習慣和偏見，都影響了新文學讀者的閱讀興趣，而導致缺乏長期穩定的讀者群。青年學生和社會市民不過是新文學讀者群中相對集中的兩大讀者部落。

主要參考文獻

丁文江、趙豐田：《梁啟超年譜長編》，上海人民出版社，1983 年。

王芝琛、劉自立：《1949 年以前的大公報》，山東畫報出版社，
　　2002 年。

王建輝：《文化的商務》，商務印書館，2000 年。

王德威：《想像中國的方法：歷史‧小說‧敘事》，三聯書店，1998 年。

王曉明：《王曉明自選集》，廣西師範大學出版社，1997 年。

王曉明：《批評空間的開創》，東方出版中心，1998 年。

孔範今：《二十世紀中國文學史》（上、下），山東文藝出版社，
　　1997 年。

朱聯保：《近現代上海出版業印象記》，學林出版社，1983 年。

李歐梵：《現代性的追求》，三聯書店，2000 年。

李向民：《中國藝術經濟史》，江蘇教育出版社，1995 年。

李杏保、顧黃初：《中國現代語文教育史》，四川教育出版社，2000 年。

李華興、吳嘉郎：《梁啟超選集》，上海人民出版社，1984 年。

何言宏：《中國書寫》，中央編譯出版社，2002 年。

周月亮：《中國古代文化傳播史》，北京廣播學院出版社，2000 年。

周憲、羅務恆、戴耘：《當代西方藝術文化學》，北京大學出版社，
　　1988 年。

胡適：《胡適教育論著選》，人民教育出版社，1994 年。

唐沅等：《中國現代文學期刊目錄彙編》（上、下），天津人民出版社 1988 年。

馬以鑫：《中國現代文學接受史》，華東師範大學出版社，1998 年。

孫玉蓉：《書邊閒話》，天津人民出版社，1998 年。

夏曉虹：《晚清社會與文化》，湖北教育出版社，2001 年。

袁進：《近代文學的突圍》，上海人民出版社，2001 年。

高恆文：《京派文人：學院派的風采》，上海教育出版社，2000 年 12 月。

陳平原：《二十世紀中國小說史》（第一卷），北京大學出版社，1989 年。

陳平原：《文學史的形成與建構》，廣西教育出版社，1999 年。

陳平原、山口守：《大眾傳媒與現代文學》，新世界出版社，2003 年。

陳平原：《文學的周邊》，新世界出版社，2004 年。

陳曉明：《現代性與中國當代文學轉型》，雲南人民出版社，2003 年。

陳福康：《鄭振鐸年譜》，書目文獻出版社，1988 年。

陳萬雄：《五四新文化的源流》，三聯書店，1997 年。

陳獨秀：《陳獨秀教育論著選》，人民教育出版社，1995 年。

郭延禮：《近代西學與中國文學》，百花洲文藝出版社，2000 年。

郭強：《現代知識社會學》，中國社會出版社，2000 年。

張之華：《中國新聞事業史文選》，中國人民大學出版社，1999 年。

張英進、於沛：《現當代西方文藝社會學探索》，海峽文藝出版社，1987 年。

張靜廬：《中國現代出版史料》甲編、丙編、丁編，中華書局，1954 年、1956 年、1959 年。

商金林：《葉聖陶年譜》，江蘇教育出版社，1986 年。

陸梅林：《西方馬克思主義美學文選》，灕江出版社，1988 年。

湯哲聲：《中國現代通俗小說流變史》，重慶出版社，1999 年。

馮並：《中國文藝副刊史》，華文出版社，2001 年。

舒新城：《中國近代教育史資料》（上、中、下），人民教育出版社，
　　1980 年。

楊光輝等：《中國近代報刊發展概況》，新華出版社，1986 年。

楊洪承：《文學社群文化形態論》，安徽文藝出版社 1998 年。

楊義：《中國新文學圖志》（上、下），人民文學出版社，1997 年。

鄒韜奮：《經歷》，三聯書店，1978 年。

劉小楓：《現代性社會理論》，上海三聯書店，1998 年。

熊月之：《西學東漸與晚清社會》，上海人民出版社，1995 年。

衛道治主編：《中外教育交流史》，湖南教育出版社，1999 年。

蔣夢麟：《蔣夢麟教育論著選》，人民教育出版社，1995 年。

錢竟、王飆：《中國 20 世紀文藝學學術史》（第一部），上海文藝出
　　版社，2001 年。

應國靖：《現代文學期刊漫話》，花城出版社，1986 年。

謝六逸：《謝六逸文集》，商務印書館，1995 年。

謝立中：《西方社會學名著提要》，江西人民出版社，1998 年。

應國靖：《現代文學期刊漫話》，花城出版社，1986 年。

羅志田：《權勢轉移：近代中國的思想·社會與學術》，湖北人民出
　　版社 1999 年。

曠新年：《中國 20 世紀文藝學學術史》（第二部下卷），上海文藝出
　　版社，2001 年。

欒梅健：《前工業文明與中國文學》，廣西教育出版社，2000 年。

《中國全鑒（1911 年-1949 年）》，團結出版社，1998 年。

《五四運動回憶錄》，中國社會科學出版社，1979 年。

《文學運動史料選》（1-5），上海教育出版社，1979 年。

《陳望道文集》，上海人民出版社，1979 年。

《蔡元培全集》，中華書局，1984 年。

（美）本傑明・史華茲：《尋求富強：嚴復與西方》，江蘇人民出版社，1996 年。

（美）格里德：《胡適與中國的文藝復興》，江蘇人民出版社，1996 年。

（美）丹尼爾・貝爾：《資本主義文化矛盾》，三聯書店，1992 年。

（美）丹尼爾・貝爾：《意識形態的終結》，江蘇人民出版社，2001 年。

（美）撒母耳・P・亨廷頓：《變化社會中的政治秩序》，三聯書店，1992 年。

（美）彼德・布勞：《社會生活中的交換與權力》，華夏出版社，1988 年。

（美）伯納德・巴伯：《科學與社會秩序》，三聯書店，1991 年。

（美）戴安娜・克蘭：《文化生產：媒體與都市藝術》，譯林出版社，2001 年。

（美）路易士・科塞：《理念人》，中央編譯出版社，2001 年。

（美）康芒斯：《制度經濟學》，商務印書館，1997 年。

（英）彼得・伯克：《歷史學與社會理論》，上海人民出版社，2001 年。

（英）安東尼・吉登斯：《社會的構成》，三聯書店，1998 年。

（英）邁克・費瑟通：《消費文化與後現代主義》，譯林出版社，2000 年。

（德）哈貝馬斯：《公共領域的結構轉型》，學林出版社，1999 年。

（德）卡爾・曼海姆：《意識形態與烏托邦》，商務印書館，2000 年。

（德）本雅明：《發達資本主義時代的抒情詩人》，三聯書店，1992 年。

（德）柯武剛、史漫飛：《制度經濟學》，商務印書館，2002 年。

（法）羅布林・埃斯卡皮：《文學社會學》，浙江文藝出版社，
　　　1987 年。

（法）皮埃爾・布迪厄：《藝術的法則》，中央編譯出版社，2001 年。

（法）路易・阿爾都塞、艾蒂安・巴里巴爾：《讀〈資本論〉》，中
　　　央編譯出版社，2001 年。

（法）蜜雪兒・福珂：《詞與物——人文科學考古學》，上海三聯書
　　　店，2001 年。

（蘇）里夫希茨：《馬克思論藝術和社會理想》，人民文學出版社，
　　　1983 年

（匈）阿諾德・豪澤爾：《藝術社會學》，學林出版社，1987 年。

（波蘭）弗・茲納涅茨基：《知識人的社會角色》，譯林出版社，
　　　2000 年。

後　記

　　我嘗試以中國現代文學制度為研究對象，通過考察現代文學制度的生成背景、構成及意義等環節，重新審視中國現代文學的生產方式這一歷史命題。該選題的提出，是基於以下兩點考慮。首先，在現有的現代文學研究中，文學的意義與形式討論是主導性的研究模式，無論是文學觀念、主題世界的闡釋、具體作家作品的分析，還是傳統與現代、西方影響與本土特徵關係的文化把握，文學的意義和形式研究，一直是其主要著眼點，這形成了現代文學研究的基本格局。其次，在討論現代文學的意義和形式時，確立了現代社會歷史與現代文學的互動關係，但在對文學「自主」與社會「他律」之間是如何發生轉化與互動的，則是需要追問的問題。

　　正因如此，我提出了「中國現代文學制度」這一概念，它主要是指現代文學在生產、流通與消費過程中所形成和創造的生產方式，並提出了自己的研究思路：在方法上借鑒文學社會學和制度理論嘗試繞開從文學觀念到語言形式、從作家到文本的既有模式，在現代文學研究範式中，引入對文學生產方式的討論，在一般的歷史研究、審美研究中加入「制度研究」，從一種整體性的社會文化視角，重新審視現代文學與現代社會歷史的制約與互動關係。文學制度之於中國現代文學具有獨特的意義，現代中國文學不完全是純粹的作家文本及其所呈現的思想觀念和語言形式，它是現代社

會歷史共同參與和建構的產物，有現代社會力量的參與與配合，如教育與出版，審查與獎勵，還需要文學活動的推動，如文學理論的宣導、文學論爭的開展、文學讀者的接受。文學制度對文學有著重要的制約作用，但它並不是萬能的，有著明顯的局限性和產生作用的有限性。

文學制度為我們考察和理解現代中國文學提供了一個獨特的視角，如果沒有這樣的制度規約，現代中國文學會不會出現另一番景象。現代中國文學並沒有完全納入國家意識的控制，在我看來，它是現代中國最為活躍的一股思想力量。文學制度是現代社會與文學發生互動與緊張關係的重要形式，它既實現了文學與現代社會的合謀，確立了文學生產、流通和消費秩序，使文學與社會，文學各要素之間如作者、作品、媒介和讀者之間建立起有效的運行機制，同時，文學審美意識也被社會所承認或接納，實現了文學從傳統向現代的意義轉變，並使自己也成為文學現代性的重要內容。文學制度本身的局限性與發揮作用的有限性，也應該同時引起我們的重視。

2012 年 12 月 10 日於重慶

文學視界 40　AG0158

中國現代文學制度研究

作　　者 / 王本朝
主　　編 / 蔡登山
責任編輯 / 王奕文
圖文排版 / 曾馨儀
封面設計 / 秦禎翊

發 行 人 / 宋政坤
法律顧問 / 毛國樑　律師
出版發行 / 秀威資訊科技股份有限公司
　　　　　114 台北市內湖區瑞光路 76 巷 65 號 1 樓
　　　　　電話：+886-2-2796-3638　傳真：+886-2-2796-1377
　　　　　http://www.showwe.com.tw
劃撥帳號 / 19563868　戶名：秀威資訊科技股份有限公司
　　　　　讀者服務信箱：service@showwe.com.tw
展售門市 / 國家書店（松江門市）
　　　　　104 台北市中山區松江路 209 號 1 樓
　　　　　電話：+886-2-2518-0207　傳真：+886-2-2518-0778
網路訂購 / 秀威網路書店：http://www.bodbooks.com.tw
　　　　　國家網路書店：http://www.govbooks.com.tw

2013 年 8 月 BOD 一版
定價：250 元
版權所有　翻印必究
本書如有缺頁、破損或裝訂錯誤，請寄回更換

國家圖書館出版品預行編目

中國現代文學制度研究 / 王本朝著. -- 一版. --臺北市：
　秀威資訊科技, 2013. 08
　　面 ；　　公分
　ISBN 978-986-326-134-6(平裝)

　1. 中國當代文學　2. 文學評論

820.908　　　　　　　　　　　　102011672

讀者回函卡

感謝您購買本書，為提升服務品質，請填妥以下資料，將讀者回函卡直接寄回或傳真本公司，收到您的寶貴意見後，我們會收藏記錄及檢討，謝謝！
如您需要了解本公司最新出版書目、購書優惠或企劃活動，歡迎您上網查詢或下載相關資料：http:// www.showwe.com.tw

您購買的書名：_____

出生日期：_____年_____月_____日

學歷：□高中 (含) 以下　　□大專　　□研究所 (含) 以上

職業：□製造業　□金融業　□資訊業　□軍警　□傳播業　□自由業
　　　□服務業　□公務員　□教職　　□學生　□家管　　□其它_____

購書地點：□網路書店　□實體書店　□書展　□郵購　□贈閱　□其他

您從何得知本書的消息？

　□網路書店　□實體書店　□網路搜尋　□電子報　□書訊　□雜誌
　□傳播媒體　□親友推薦　□網站推薦　□部落格　□其他_____

您對本書的評價：(請填代號　1.非常滿意　2.滿意　3.尚可　4.再改進)

　封面設計____　版面編排____　內容____　文／譯筆____　價格____

讀完書後您覺得：

　□很有收穫　□有收穫　□收穫不多　□沒收穫

對我們的建議：_____

_____

_____

_____

11466
台北市內湖區瑞光路 76 巷 65 號 1 樓

秀威資訊科技股份有限公司　　　收

BOD 數位出版事業部

....

（請沿線對折寄回，謝謝！）

姓　　名：＿＿＿＿＿＿＿＿　年齡：＿＿＿＿　性別：□女　□男

郵遞區號：□□□□□

地　　址：＿＿＿＿＿＿＿＿＿＿＿＿＿＿＿＿＿＿＿＿＿

聯絡電話：(日) ＿＿＿＿＿＿＿＿　(夜) ＿＿＿＿＿＿＿＿

E-mail：＿＿＿＿＿＿＿＿＿＿＿＿＿＿＿＿＿＿＿＿＿